Anita NAIR

Le Chat karmique

Nouvelles traduites de l'anglais (Inde)
par Marielle Morin

Éditions
Philippe Picquier

DU MÊME AUTEUR
AUX ÉDITIONS PHILIPPE PICQUIER

Compartiment pour dames, roman, Picquier poche

Un homme meilleur, roman, Picquier poche

Les Neuf Visages du cœur, roman

Titre original : *Satyr of the Subway and Others Stories*

Mas de Vert
B.P. 20150
13631 Arles cedex

www.editions-picquier.fr

En couverture : © Getty Images

Conception graphique : Picquier & Protière

Mise en page : Ad litteram, M.-C. Raguin – Pourrières (Var)

ISBN : 978-2-8097-0007-7
ISSN : 1251-6007

SOMMAIRE

A Jayapriya Vasudevan et Carmen Lavin

qui m'ont ouvert leurs maisons et leurs cœurs

LE SATYRE DU MÉTRO

Sous les pieds de chaque New-Yorkais grouille un monde à part. Un royaume souterrain où se mêlent grisaille corrosive, vapeurs de chaux et fumées fuligineuses. Ce sous-sol infernal est sillonné en tous sens par des chenilles en acier froid et humide, au front impassible incrusté de lettres en métal fondu. Sur leur flanc s'ouvrent des bouches avides, gobant les lemmings qui s'y précipitent, pris de panique, dans un élan de suicide collectif. Le regard vitreux, ces créatures farouches s'agrippent aux entrailles du ver d'acier – comme autant de fœtus tenant dans leurs poings serrés manteaux, sacs et attachés-cases.

Quelques minutes plus tard, une fois mastiqués, ils sont régurgités et recrachés avec autant de vigueur qu'une boîte de céréales déversant du riz soufflé dans un bol de petit déjeuner. Repliés sur eux-mêmes, le regard fuyant, parlant tout seuls, ils évitent toute possibilité de contact et déambulent à travers les couloirs souterrains qui les conduisent vers la promesse de la lumière du jour. En attendant, ici, le temps est comme en suspens ; la musique est un saxo ténor et les paroles sont des obscénités griffonnées au fusain, couleur d'une plaie suppurante. C'est ici que moi, mi-homme mi-bouc, je cherche celle qui saura m'inspirer, devenir ma muse, ma nymphe des forêts, des champs et des bois sacrés.

Dans ce lupanar baptisé système solaire, le soleil fait office de souteneur. Par la seule force de son charisme, que les humains ont trop souvent tendance à désigner, non sans mépris, par le terme de force gravitationnelle, il maintient l'ordre parmi les filles de la maison. De temps en temps, il s'offre, si l'on peut dire, quelques jours de vacances. Se contente de bouillon pour dîner et s'enfouit sous des couvertures duveteuses afin de dissiper la fatigue de devoir montrer sans arrêt une mine rayonnante. Même si, pour rappeler aux filles qui est le patron, il fait une brève apparition avant de se retirer dans ses appartements.

Chaque jour, alors que le soleil s'arme de courage pour briller quelques heures de plus, j'essuie mes pinceaux, je les range délicatement dans leur pot, me sèche les mains, coiffe mon chapeau et retourne dans le sein de ma mère souterraine.

Ma mère biologique repose dans une petite urne de couleur bleue sur le manteau de la cheminée. Elle qui considérait que la vie devait être sucée jusqu'à la moelle avait eu une mort digne de son existence puisqu'elle s'était justement étranglée avec un os à moelle. Maman, archétype même de la Mamma, avec sa poitrine opulente, ses bourrelets à la taille et sa volonté de fer, s'étouffa devant mes yeux, sans que j'intervienne. Elle était bien trop corpulente pour que je puisse tenter la manœuvre de Heimlich.

Alors qu'elle reposait en paix dans l'urne bleue qu'elle aimait tant, je m'installai dans le fauteuil recouvert de chintz qu'elle avait conservé après la mort de papa et j'entrepris de réfléchir à mon avenir. J'avais quarante-cinq ans, je disposais d'un patrimoine immobilier conséquent dans le New Jersey, j'exerçais un emploi peu stimulant voire assommant et étais affublé d'un nom de bouquet garni.

Revenons un peu en arrière. Le ventre de maman avait refusé de porter fruit jusqu'à ce qu'une de ses connaissances, une vieille femme du village de Syrie où elle était née, lui expédie une potion aigre-douce. Ce breuvage libéra les démons endormis en son sein et permit à un minuscule têtard d'y pénétrer pour y grandir et s'épanouir. C'est ainsi que maman devint mère, et moi un bouquet garni. Car, entre autres ingrédients, la potion magique était composée de deux herbes : basilic et laurier. Maman fut séduite par leur sonorité. « C'est un nom qui veut dire quelque chose, mon chou, disait-elle. Basile signifie royal. Quant au laurier, lorsqu'on ne l'utilisait pas pour parfumer les soupes, il servait à orner les crânes des rois et des érudits. »

Papa était bien trop en extase devant son fils pour protester. Et on me laissa mener la vie d'un véritable bouquet garni et être là sans y être vraiment…

Je quittai mon emploi pour m'installer à Manhattan. Je dénichai un petit appartement sur West 54. Non loin, dans le même pâté de maisons, se trouvait un restaurant baptisé Russian Tea Room. Le Lincoln Centre était à proximité. Les rues étaient bruyantes, mon espace vital exigu, le téléphone ne sonnait jamais mais je me trouvais précisément là où je voulais être. Maman habitait tout près mais à distance néanmoins suffisante pour m'épargner la mélodie de ses gutturales à longueur de journée : « Basile, mon fils, tu ne vas tout de même pas sortir avec une chemise pareille ? » « Mon chou, tu devrais mettre un tricot de peau. Tu ne veux pas attraper un rhume, hein ? »

J'étais libre. Libre de faire ce que bon me semblait. Libre de peindre. J'étais assez doué pour les portraits. Aussi de temps en temps succombais-je aux sirènes du capitalisme et consentais-je, solennellement et sans enthousiasme aucun, à exécuter le portrait de quelque obscur individu. Je montais le tableau dans un cadre doré et allais déposer mon chèque à la Hanovers Manufacturers Bank. Puis je me dépêchais de retourner à mon chevalet pour peindre encore et toujours mon obsession.

Dans l'océan de l'anatomie féminine, chaque homme cherche un port d'attache. Une île dont il fait le théâtre de ses fantasmes. L'endroit où, à chaque femme qui croise son chemin, son regard va spontanément se poser. Fût-elle sa mère ou l'épouse de son voisin. Seins et fesses. Vagin et clitoris. Jambes et bouche. La courbure d'un coude, la longueur d'un ongle de doigt de pied. La rondeur d'une joue, l'avancée d'un menton. Pourtant, rien de tout cela ne faisait enfler mes sous-vêtements thermiques – en l'occurrence, des slips en soie à motifs cachemire.

Mon fantasme à moi, c'est l'orifice dont Dieu a pourvu chaque homme et chaque femme. Qu'il soit juif, mongol ou eskimo, nul être humain n'en est dépourvu. C'est le signe de l'égalité de tous. La fêlure qui atteste que nul n'est parfait ou meilleur que les autres.

Il a une âme qui lui est propre, cet ancien canal d'approvisionnement, cette petite grotte où vont se nicher mes fantasmes. Le nombril.

Attention, il y a nombril et nombril. L'étroite cicatrice sur une peau de bébé par ailleurs sans défaut. L'entaille anonyme chez l'enfant. Le croissant de lune sur la jeune fille nubile. L'œil aveugle sur l'abdomen arrondi de la jeune femme enceinte. Puis la caverne profonde et mystérieuse (à partir de quand peut-on parler de profondeur, d'un doigt ou de deux ?) de la femme aux hanches de sirène et à la taille ondulante. C'est à elle qu'appartient l'ombilic céleste. A elle, le magnétisme ensorceleur.

Sans gaine ni jupon, le doux renflement de son ventre à la fine texture de lin blanc cassé, les contours de ces profondeurs antiques me hantent.

C'est elle que je cherche, celle à la caverne enchantée. Tous les matins, deux heures durant, je la guette parmi la cohue des abdomens. J'ai souvent cru arriver au bout de ma quête. Cru que le nombril parfait m'avait conduit à la femme parfaite. Mais avec le temps, j'ai découvert que la femme, tout comme son nombril, manquait de profondeur.

Depuis une semaine, je suis dans un état priapique qui grandit à chaque instant. Chacune de mes terminaisons nerveuses semble avoir une vie propre. Je l'ai enfin trouvée. Enfin, je crois…

Cet après-midi de décembre, elle s'est assise sur le siège voisin du mien. Des effluves d'épices émanaient d'elle, sa peau brune et sensuelle était rayonnante, ses ongles couverts de pétales de roses.

Quand elle se leva, ses vêtements laissèrent deviner des hanches épanouies. Je la suivis dans le froid mordant. Dans le sillage du nuage de sa chevelure, aussi noire que la nuit…

Cela fait maintenant plus d'une semaine que je reconstitue peu à peu le puzzle de sa vie. Elle est étudiante, travaille comme serveuse dans un restaurant indien, aime les marrons grillés, et dans cette ville peuplée d'illettrés pour lesquels la culture se résume à une heure quotidienne d'Oprah Winfrey [1], elle nourrit un étrange intérêt pour la lecture.

Tous les après-midi, je la vois qui se rend nonchalamment chez le bouquiniste de West 82. Là, debout sur le trottoir au milieu des livres, elle feuillette, tourne les pages, hésite et, le plus souvent, s'éloigne à contrecœur. Je prépare la prochaine étape.

Nos destins respectifs semblent vouloir nous fournir l'occasion de nous rencontrer. Debout dans le métro, alors qu'elle est bousculée de toutes parts par les voyageurs pressés de monter ou de descendre, j'en profite pour me rapprocher petit à petit d'elle. Et, une fois suffisamment près pour respirer son parfum – un mélange de clou de girofle et de bois de santal avec une touche d'essence de jasmin sur fond de cannelle, dont elle doit s'asperger –, je lui laisse apercevoir le livre que je fais semblant de lire.

1. Célèbre animatrice de talk-show à la télévision américaine.

Je vois une étincelle de curiosité s'allumer dans son regard. Comme elle cherche, avec un enthousiasme grandissant, à voir de plus près les pages de mon livre – cher M. Updike, je ne vous remercierai jamais assez –, je lui facilite la tâche. Son intérêt une fois éveillé, je change discrètement de position afin que la couverture du livre et son message en gros caractères fluorescents soient visibles. *Epouse-moi*, dit le livre.

Je devine le mercure qui lui monte aux joues et les fait rougeoyer.

Je décide d'en rester là pour aujourd'hui. Cela suffit pour qu'elle me reconnaisse dans la foule. Peut-être même se mettra-t-elle à me chercher du regard…

Le lendemain.

Le métro est moins bondé que la veille. Elle est là. Démunie, solitaire et affamée de lecture. Je lui murmure un « salut, comment ça va ? » Elle écarquille les yeux avant de bredouiller une réponse.

Je la courtise à la manière d'un héros de mauvais roman à l'eau de rose ; avec l'ardeur et la ferveur d'un chevalier du Moyen Age ; avec l'empressement d'un homme qui aurait des idées derrière la tête. Elle m'intrigue. J'aimerais l'enfermer dans un flacon de cristal et la serrer contre mon cœur.

Je sais que mon âge ne la gêne pas. Il se pourrait même qu'il la rassure.

Aujourd'hui, pour la première fois depuis notre rencontre, elle a une journée de libre. Nous nous retrouvons au Rockefeller Centre. Nous contemplons le spectacle des patineurs sur la glace. Leurs pieds glissent avec l'aisance d'un pinceau sur la toile. Leurs volutes atteignent une telle perfection que j'en suis tout ébloui.

Puis vient le moment de partir. J'ai prévu un petit pique-nique. Je l'entraîne dans mon univers. Malgré son incongruité, mon panier à pique-nique se révèle parfait pour les circonstances. Nous sillonnons en métro toute l'île et sa banlieue, passons d'un train à l'autre tandis que mon walkman diffuse des chants d'oiseaux à nos oreilles.

La vie passe en trombe devant nos yeux, nous lance un regard étrange et, dans cette zone où rien n'éveille l'attention, lève un sourcil interrogateur. Nous l'ignorons.

Je verse du vin dans des verres tulipes à longue tige et l'éclabousse de quelques gouttes au visage. Puis je la nourris de terrine de homard et de bouchées de caviar, de tomates au fromage et de camembert, de pointes d'asperge avec des crevettes et de langue de bœuf aux champignons… autant d'amuse-bouches destinés à lui ouvrir l'appétit au point qu'elle me supplie de recommencer.

Emoustillant sa langue et ses papilles de mes doigts taquins, je me livre en quelque sorte à des préliminaires gastronomiques. J'observe sa bouche qui s'entrouvre et sa douceur humide m'ensorcelle. Je finis par lui tendre une tartelette aux fraises pour mettre un frein à mon désir.

Vendredi prochain, adorable nymphe, nous batifolerons parmi les cadres entassés, les peintures à l'huile, les flacons de térébenthine et la chaise longue dont j'ai hérité.

Il est six heures moins le quart. Nous sommes le troisième vendredi du dernier mois de l'année. La nuit tombe et de ma fenêtre, j'aperçois les passants sortis faire leurs courses de dernière minute. Pareils à des fourmis affairées, ils courent dans tous les sens, rayant des noms sur leurs listes et entassant dans des sacs en papier des cadeaux absurdes aux emballages colorés.

Des bribes de chants de Noël se mêlent aux prévisions sinistres de prophètes autoproclamés. Vous qui célébrez Noël, vous êtes des pécheurs. Les flammes et le soufre du Jugement dernier vous attendent.

Des voitures brûlent des feux rouges dans un crissement de pneus et le bruit métallique de la sébile d'un mendiant fait écho à la frénésie des fêtes de fin d'année. La monnaie tombe à profusion – les mains vont plus facilement chercher quelques pièces au fond des poches…

Le ciel est d'un gris sale. Nous sommes loin de la quiétude de l'après-midi pastoral que je nous imaginais passer ensemble à folâtrer.

Néanmoins, dans mon atelier, tout est calme. J'ai mis le chauffage un peu plus que fort d'habitude.

Par souci de ne pas l'effrayer ou la mettre mal à l'aise, j'ai tourné tous mes tableaux face au mur. Je n'ai pas voulu donner dans le « Viens voir mes estampes japonaises » en l'invitant. Je me suis contenté de lui proposer de passer chez moi et d'emprunter éventuellement un ou deux livres.

Quelques minutes plus tard, la sonnette retentit. J'ouvre la porte : elle est là, un peu nerveuse, légèrement inquiète mais surtout curieuse. Je l'aide à retirer son manteau et lui indique la chaise longue.

Elle s'y assoit sagement, les mains croisées sur les genoux. Comme le fait une femme quand, inconsciemment, elle devine que l'homme en face d'elle, s'il en avait l'occasion, n'hésiterait pas à lui écarter les jambes sans ménagement pour y prendre son plaisir.

Elle est vêtue d'un pull à côtes qui se soulève doucement au rythme de sa respiration et d'un pantalon de velours noir qui souligne ses hanches épanouies avec la grâce d'un sculpteur modelant l'argile.

Je l'observe tandis qu'elle raconte des anecdotes insignifiantes pour tenter de dissiper son malaise. Je ne l'interromps pas : nous avons tout notre temps.

Comme la pièce se réchauffe, elle ne tarde pas à enlever son pull. Elle porte un chemisier rouge corail décolleté à manches courtes.

Son cou est d'une agréable rondeur. Elle a de belles épaules et du duvet doré sur les bras.

« Je vous sers du café ? »

Elle hoche la tête.

« Basile, il faut que je vous avoue quelque chose.

— Quoi donc ? dis-je doucement.

— Il y a quelqu'un dans ma vie. Il vient souvent au restaurant où je travaille. On… on se voit.

— Et alors, quel est le problème ? »

Elle humecte ses lèvres, tord nerveusement ses mains. « Il est marié et nous n'avons nulle part où nous retrouver. Les membres de ma famille dans le Queens s'empresseraient d'avertir mes parents en Inde s'ils apprenaient que je vois quelqu'un, un homme marié par-dessus le marché. Je me demandais si on pourrait… »

J'ai l'impression que le sol se dérobe sous mes pieds. Pourquoi ai-je soudain envie de pleurer ?
« Je vais y réfléchir, dis-je dans un murmure.

— C'est vrai, Basile ? C'est vrai ? demande-t-elle en implorant. C'est juste que... on s'aime tellement, je ne veux pas être une briseuse de ménage. »

Là, ma chérie, tu veux le beurre et l'argent du beurre ! Mais je me mords la langue.

« J'y penserai. Il faudra que je m'organise. Alors laissez-moi un peu de temps. »

Soulagée d'avoir dit ce qu'elle avait à dire, elle est pressée de partir. Non non, pas si vite, ma beauté. J'ai l'intention de jouer dans ta vie un rôle plus important que celui d'un Cupidon aux flèches trempées dans du miel.

Je vais dans ma kitchenette et mets la bouilloire en route. Je verse du café en poudre dans des tasses, y ajoute du sucre – et un petit quelque chose en prime.

Quand j'apporte le plateau, elle a replié ses jambes et ses chaussures sont par terre. Elle porte des socquettes laineuses de petite fille.

Je lui demande de me parler de lui, et mon masochisme me surprend.

« Il est superbe. Grand et blond…

— Américain ?

— Oui, bien sûr. Les Indiens, ça ne les intéresse pas, les relations durables. Tout ce qu'ils veulent, c'est baiser. »

Le terme me fait frémir. « Et alors ? Vous avez baisé ? » Je deviens grossier.

Elle me dévisage un instant. Essayant de comprendre la raison de ma soudaine dureté, de mon changement d'humeur. Puis, baissant les yeux vers le tapis, elle marmonne : « Oui », avant d'ajouter avec une pointe de cruauté : « Mais pas autant qu'on aurait voulu. »

Nous restons silencieux quelques minutes. Puis elle s'approche de moi et m'entoure de ses bras. « Est-ce que tu as l'impression que je me sers de toi ? Il ne faut pas. Je te considère comme mon ami. »

Je cherche son regard. Ses pupilles sont dilatées. Bientôt elle tombera sous mon charme.

Je la serre contre moi. Comme mon corps s'accorde bien au sien ! Je lui caresse la joue et murmure : « Je n'ai pas l'impression que tu te sers de moi. Mais je me sens abandonné. Je me sens seul. Tu devais m'appartenir. »

Son corps se fait langoureux. Je la pousse doucement contre le dossier rembourré de la chaise longue.

Je m'assieds à côté d'elle et suis de mes doigts le tracé de son visage.

« Ma chérie, voilà si longtemps que je te cherche. Dans mes rêves, tes yeux sont des lacs bruns et limpides où je me noie et devine mon propre reflet.

« C'est cette bouche, ces lèvres et cette langue qui m'ont troublé, ensorcelé, depuis des siècles et des siècles. A chaque fois que je les regarde, je veux me plonger dans ta bouche. Je veux que ta langue s'enroule autour de moi et me savoure.

« Ta gorge, ta gorge délicate sur laquelle ton visage repose comme un arum, m'invitant à chercher tes lèvres… »

Je fais une pause en arrivant à sa poitrine. Je déboutonne doucement son chemisier. Ses seins, comme deux jumeaux dévergondés, trop petits pour être enchaînés et opprimés par le carcan de dentelle d'un soutien-gorge, me fixent de manière éhontée. Leur douceur parfaite gâchée par trois poils noirs et frisés. Deux à gauche et un à droite.

Je prends ses seins entre mes mains puis je tire avec les dents sur leur pointe sombre. Mais je me lasse assez rapidement de ces petites collines de chair.

Avec la dextérité d'un poissonnier ouvrant une huître, je défais les boutons de son pantalon. Là, blottie au creux de son abdomen, dort la perle parfaite. Son nombril.

La fleur de lotus aux dix pétales et au cœur sombre et profond. La caverne secrète à côté de laquelle aucun homme ne peut passer sans vouloir y entrer. Le tunnel recouvert de topaze d'un brun doré conduisant au lac de la sérénité.

Je lui ôte son pantalon. Puis sa culotte. Fruit of the Loom. Parfumée de la fragrance d'une femme.

J'écarte ses jambes. Ses poils pubiens forment un triangle parfait. Au sommet repose la clé de sa beauté.

Mes doigts, comme un zéphyr, ébouriffent le pâturage pubien. Le choc électrique du contact m'étourdit.

Je m'abaisse pour goûter la moiteur de son âme. Salée, avec un arrière-goût de paradis. Un mets digne des dieux.

Je m'abreuve de ce nectar merveilleux. Cet élixir d'immortalité. Ma langue se glisse de plus en plus loin, avide, au plus profond. En elle et au-delà, au-delà dans l'infini du temps, aussi loin que le temps se souvient.

Inanna, ma déesse sumérienne, ma lumière ressuscitée, quand tu vis que Dumuzi, ton amant le berger, ne pleurait pas ta mort, tu le chassas au pays de non-retour. Tu me balayeras de ta vie quand tu auras trouvé ce que tu cherches.

Ishtar, ma putain de Babylone, au pouvoir tel que quand la mort eut raison de toi, même la terre prit le deuil en tarissant ses rivières.

Astarté, reine brutale, avec tes cornes de taureau et ton arrogance de maîtresse des cieux, des chevaux et des chars, tu me broieras, tu me feras mordre la poussière, n'est-ce pas ?

Cybèle, Grande Mère, comme tu aimes les garçons au doux visage ! Dis-moi comment t'apaiser… dans la frénésie des claquements de fouet… par l'onanisme et les éclaboussures de sang ?

Née d'un phallus, flottant dans une mer d'écume, toi aux fesses voluptueuses, toi l'amante infidèle, mon Aphrodite bien-aimée, rien n'est-il donc sacré à tes yeux ? Tu désires les hommes. Epoux, fils, ils s'offrent à toi. Telle est la puissance de ton amour, de ton désir…

Kahaisibware, quand, il y a longtemps, les fruits de la terre poussaient sans effort, tu créas les hommes, les cochons, les animaux et les arbres. Et par peur qu'ils ne deviennent trop puissants, tu engendras la mort, ô toi créature serpentine d'Océanie.

Sous combien de formes te manifestes-tu en ta puissance ? Cherchant à contrôler le monde avec ta source sacrée qui jamais ne se tarira, aussi longtemps qu'existeront langue, doigt, phallus ou pensée.

Les nectars de l'amour me coulent le long du menton, je chevauche son corps languissant et la baise. Retirant mon pénis juste à temps pour déverser mon oblation dans cet orifice suprême, son nombril.

Epuisé, vidé de toute énergie, je me relève doucement. Je rapproche le fauteuil de maman de la chaise longue et m'y assieds en attendant son réveil.

Dehors les ombres s'allongent et s'étirent. Les coins de rues sombres semblent broyer du noir.

A l'intérieur, l'air est lourd du parfum de l'amour. Je me lève et m'approche de mon chevalet. Je presse un tube de peinture sur mon couteau. J'essaie de peindre sa silhouette abandonnée vidée de ses forces. Mais je suis un homme qui a trop mangé, une abeille qui a bu trop de miel, un satyre qui a capturé sa nymphe et violé sa virginité. Je suis rassasié. Elle ne m'intéresse plus. Même son nombril semble avoir perdu de sa fraîcheur…

Je ne vais pas la rhabiller. Je veux qu'elle sache que j'ai pris mon dû.

Ma petite menteuse chérie, quand tu te réveilleras, tu auras le choix : faire comme si rien ne s'était passé et te servir de mon appartement comme nid d'amour. Ou quitter cette pièce et modifier tes horaires de métro. Ne te méprends pas, je ne changerai pas mon trajet. Je poursuivrai la quête de ma muse dans le monde souterrain.

En attendant, je vais étendre mes jambes, fermer les yeux et rêver de ma nymphe des forêts, des prés et des bois sacrés.

POUR TOUCHER UN ARC-EN-CIEL

Parfois, les nuages s'écartent pour laisser apparaître une lune à la texture du marbre de Carrare. Cette sphère marmoréenne détient des pouvoirs que seuls magiciens et sorcières connaissent. Elle enchante et ensorcelle. Elle transforme les mortels en créatures célestes. Elle pare leurs activités quotidiennes d'une sensualité fiévreuse. Sous son influence, on a vu des étangs devenir des mers furieuses, où hommes et femmes chevauchent le lion de mer jusqu'à ce qu'une vague déferlante les submerge et les entraîne dans ses flots avant de les désunir, laissant deux corps épuisés, en sueur et assouvis.

C'est d'une lune comme celle-là que, par une nuit de juin, s'échappa un rayon solitaire. Furtivement, retenant son souffle, il se glissa par le feuillage dense de l'arbre jamun et s'infiltra à travers les rideaux beiges pour converger en un unique rai de lumière avant de toucher le sol. Des murmures vinrent rompre la fade harmonie de rayures jaune citron et brun caramel sur fond blanc – l'imprimé des draps de coton et polyester Wamsutta.

Des années de vie conjugale avaient usé leur fraîcheur. Des moustiques écrasés sur une cuisse avaient laissé des traces de sang. Des fluides d'amour s'étaient répandus. Taches dont aucun détergent ne pouvait venir à bout.

Comme les femmes de l'Inde moderne gaspillaient le sperme ! Dans l'ancienne sexualité tantrique, si le sperme ne servait pas à engendrer une progéniture, les femmes se le passaient sur le visage. Cela valait toutes les crèmes hydratantes parfumées à la citronnelle. C'était bien plus efficace qu'Oil of Olaz pour lutter contre les rides venant flétrir la régularité d'un visage.

Quelque part, un grillon frottait ses ailes l'une contre l'autre. *Krik-krik-krik.* L'atmosphère de la chambre était lourde de la fumée montant d'une spirale anti-moustiques. Œil rougeoyant d'où s'élevaient des volutes bleuâtres.

Dans cette pièce constellée de lumière, un homme et une femme faisaient l'amour. Il lui léchait le sein. Apogée des préliminaires masculins : assouvir en priorité les désirs œdipiens. Allez, vas-y, fais rouler ta langue autour de son téton.

« Tourne-toi, murmura-t-il.

— Mmm… »

Il y eut un long gémissement, un frisson. Tandis que cette sensation indescriptible enflait par vagues, il la tint serrée contre lui. Les jambes grasses de la femme, enroulées autour de son corps, absorbaient les derniers épanchements de son amour.

Les murmures furtifs cessèrent. Une nouvelle tache vint s'ajouter à la constellation. Les voix retrouvèrent leur timbre habituel. Le clair de lune avait perdu son aspect féerique. Un mouchoir roulé en boule traversa la pièce.

« C'était merveilleux, ce soir. Comme jamais. Tu m'as donné l'immortalité. Grâce à toi, j'ai enfin compris que nous avions la vie devant nous. Tu m'as donné le courage de prendre une décision. » Il parlait à voix basse.

« Il est temps que nous pensions d'abord à nous-mêmes. Il est temps que nous fassions ce que nous avons vraiment envie de faire. » Elle lui prit la main, en réaffirmation de la foi que le rayon de lune avait instillée en eux.

Dans une autre chambre, qu'une lune bienveillante éclairait d'un épais rayon de lumière, un autre couple était allongé sur un lit, dans un clair-obscur de bras, de jambes et de draps.

Elle frotta son visage contre son menton. Elle aimait son toucher rugueux. Barbe noire. Barbe bleue. Vive les barbes, et encore plus les hommes à barbe.

Dormir. Les femmes dorment mieux après un orgasme…

« Crois-tu que ma mère a déjà eu un orgasme ?

— Que vient faire ta mère dans notre lit ? » grogna-t-il.

Elle sourit et ferma les yeux. C'était peut-être ça. Elle arrivait à jouir. Pas sa mère.

Il mit longtemps à s'endormir. Il avait le nez bouché. Le sexe n'avait là-dessus aucun effet. Les lois de la nature fonctionnaient toujours de travers pour lui. Il dégagea son bras, coincé sous elle, et attrapa ses gouttes pour le nez. Quatre. Deux dans chaque narine faisaient généralement l'affaire. Il but de l'eau et se glissa sous les draps vers la chaleur accueillante de la femme allongée à ses côtés.

Demandez-lui s'il est heureux et il vous dira que non. Etre heureux, se disait-il aux toilettes tous les matins, n'est pas naturel. C'est un facteur d'immobilisme. « Hors de ma vue, vermine de cloaque ! » s'écriait-il, et le miroir se recouvrait de buée tandis que l'eau chaude s'écoulait de la douche.

Il avait choisi d'être malheureux. Pas insatisfait, non, il laissait ça à Edgar dans *Le Roi Lear*. Il aimait barboter dans une petite mare de tristesse. Toujours. Ça le rendait créatif d'être torturé par la dépression, disait-il. D'éclater en sanglots silencieux et de mouiller l'oreiller de ses larmes les dimanches après-midi. Ça faisait partie de son image. Il lui fallait cultiver quelques excentricités qui, une fois le succès atteint, seraient autant de signes de son génie. « Tous les artistes ont un grain de folie », disait-il, levant crânement la tête tandis qu'il peignait de ses doigts sa chevelure, avec une nonchalance étudiée.

Ils refusaient d'un commun accord de se considérer comme un couple ordinaire : ils étaient différents. Economiser pour acquérir un appartement trop petit, acheter un magnétoscope ou élever des enfants, ils laissaient ça aux autres. Ils étaient à part. Ne nourrissaient aucune ambition matérielle.

Le matin, ils frôlèrent des cuisses revêtues de jeans et des bras moites tandis que leur bus fonçait à travers les rues de la ville, s'aventurant parfois dans des avenues bien entretenues où les pelouses restaient vert émeraude même au plus chaud de l'été et où les maisons offraient une façade solide et imperturbable. Ils passèrent devant des centres commerciaux et des complexes résidentiels avant de quitter la ville.

Les marchés de village grouillaient de vie. Fleurs, fruits, poissons et légumes. Des taches de couleurs respirant la santé. Puis ils traversèrent le pont, longeant terrains vagues et étangs d'eau boueuse. Dans le lointain, on apercevait la ville-satellite. Si près du centre-ville et pourtant si loin ; la peur de la nouveauté et du changement qu'elle entraîne formait un fossé.

Ils parcoururent à pied les quelques mètres qui séparaient l'arrêt de bus de la maison de ses parents à elle. Ils habitaient un petit pavillon entouré d'un petit jardin. Devant la maison poussaient quelques buissons de jasmin, un vieil arbre jamun et deux citronniers. Un mâle et une femelle, disait sa mère. L'arbre femelle fleurissait et donnait des fruits tandis que le mâle broyait du noir et que son feuillage gagnait en densité avec les années.

La haie d'hibiscus était en fleurs. La rue comportait cinq autres maisons identiques. Leurs habitants savaient tout les uns des autres. On aurait dit une famille divisée en six.

Il appuya sur la sonnette qui laissa entendre la mélodie de *London bridge's falling down*. Le prochain visiteur aurait droit à *Que sera sera*. Mère ouvrit la porte. En dépit de cheveux grisonnants qui avaient parfois besoin des mains expertes d'un coiffeur, son visage conservait un certain éclat. Quand elle parlait, son regard se teintait de gaieté. Elle riait facilement et sans retenue. Pourtant, on percevait en elle comme une rancœur refoulée, un peu comme si la vie s'était montrée injuste envers elle.

Elle n'avait jamais compris pourquoi. Etait-ce à cause de son père, un homme sévère et glacial aux doigts épais ? Quand il était un peu ivre, il oubliait ses inhibitions et donnait libre cours à son sens de l'humour. Rétrospectivement, ils paraissaient tous les deux toujours plus gentils qu'ils ne l'étaient au fond, se dit-elle. Se débattant dans les eaux troubles d'un besoin d'approbation sociale et divine pour eux et leurs enfants.

Regardez-la qui minaude devant le miroir. Petite, avec des seins comme des pêches, des cuisses dignes d'un Botticelli et quatorze taches de rousseur sur le nez. Sur ses bras, les poils ont des reflets dorés. Elle détestait qu'on lui dise qu'elle ressemblait à sa mère. « Juste pour les os et les gènes, le reste, c'est de moi. »

Elle se détourna du miroir. « Maman, tu me trouves comment ?

— Comme d'habitude, répondit sa mère d'un ton détaché tandis qu'elle débarrassait la table des restes du petit déjeuner.

— Tu serais plus présentable si tu t'habillais mieux, interrompit son père.

— Qu'est-ce que tu veux dire par là ? demanda-t-elle d'un ton glacial.

— Pas comme ça en tout cas », répondit-il en désignant d'un regard désapprobateur son jean froissé et son tee-shirt taché.

Elle vit le regard de son père se porter vers son mari, paraissant dire « et pas avec lui… »

Mais les beaux-fils, un peu comme l'épouse de César, sont au-dessus de tout reproche.

Elle s'éloigna avec dégoût en l'entendant ajouter : « Que vont penser les voisins ? »

La salle de bains était son refuge, son réconfort lorsque l'incompréhension grossière de ses parents la faisait frémir de colère.

Nourrir son épiderme d'huiles diverses, le caresser de mousses parfumées, le masser à l'aide d'une éponge végétale au toucher abrasif, le parfumer et le talquer. Aime-toi toi-même avant de conquérir le monde.

Le dimanche au moins, elle n'avait pas besoin de penser à son travail dans une compagnie multinationale de design, avec pour collègues un tas de crétins flagorneurs et vaniteux.

La salle de bains était son havre de paix. De quoi pouvait-elle parler à ses parents ? De son métier ? Les cédéroms ne faisaient pas partie de leur univers. Et puis, de toute façon, ils ne comprendraient pas.

Elle pouvait leur parler de la maison qu'ils comptaient acheter, à deux rues de là. Ou de son frère, l'ingénieur en électronique qui avait sa propre entreprise de fabrication d'interrupteurs design. Mais la fierté qui perçait dans leurs voix dès qu'ils parlaient de lui l'horripilait.

« Si seulement je pouvais en griller une. Mon royaume pour une clope. » Ses pensées devenaient décousues.

Hélas, elle ne pouvait échapper à ses parents. Contrairement à lui qui faisait semblant de dormir ou de lire. C'était un lâche. Toute fraîche et revigorée, depuis sa chevelure en bataille jusqu'à ses longs orteils, elle réfléchissait à sa vie.

Elle fut interrompue dans ses pensées par le déjeuner, qui lui fournit un sursis de quelques heures.

Les dimanches étaient mortellement ennuyeux : il n'y avait rien à faire sinon dormir. A la réflexion, ce luxe d'un déjeuner de riz suivi d'une sieste était en quelque sorte l'aboutissement de leur labeur de la semaine.

Les dimanches après-midi passés allongés sur le lit de fer qui gémissait si vous aviez le malheur de remuer les doigts de pieds. La soirée paraissait si loin et demain semblait à des années-lumière.

Le lit avait un creux au milieu et sa douce pente rapprochait leurs corps l'un de l'autre. Les fenêtres ouvertes ajoutaient à l'excitation. N'importe quel curieux pouvait jeter un coup d'œil à l'intérieur et apercevoir leurs corps nus et enlacés.

Les accouplements furtifs, ils laissaient ça aux autres. Pas pour eux les coups qu'on tire à la hâte, jupe relevée à la taille, chemisier à moitié déboutonné. Ça, c'est un viol, disaient-ils. Nous, on fait l'amour.

Et faire l'amour était un rituel au cours duquel s'enchaînaient mots doux, déshabillage et préliminaires.

Puis les lentes caresses. De haut en bas. Les corps qui se serrent un peu plus fort. Les yeux qui se voilent. Le sang qui bat dans les tempes. Les vagues de plaisir qui envahissent vos sens. Et, pour une seconde, le septième ciel.

Les dimanches après-midi étaient couverts. L'horizon était chargé d'amas de grisaille, de nuages de bonheur de fin de semaine. Les soupirs d'aise poussés par des millions d'êtres en congé pesaient sur l'atmosphère. Elle était allongée, le regard tourné vers le ciel. Lui, il dormait. Elle ne tarda pas à l'imiter. Bavant sur l'oreiller, elle fit des cauchemars en technicolor – conséquence d'un repas de riz au curry de mouton trop copieux.

A quatre heures et demie, sa mère vint marteler leur porte. Elle ne se contentait jamais de frapper. Le déjeuner leur pesait sur l'estomac. Elle avait pourtant des intestins formidables qui digéraient tout ce qu'elle ingurgitait.

Son corps était méthodique. Ses oreilles accumulaient peu de cire, son sang était d'un beau rouge, même ses ovaires étaient dociles…

Lui, en revanche, était moins bien loti. Son crâne faisait pleuvoir les pellicules sur ses épaules couvertes de boutons. Son nez se bouchait, ses oreilles aussi, et il avait une mauvaise digestion. Il se précipitait régulièrement aux cabinets, W.-C., chiottes, waters ou quel que soit le nom qu'on donne à une pièce pourvue de toilettes et d'une chasse d'eau. Un million d'amibes nageaient dans ses entrailles. Il lui fallait maintenant des comprimés contre les ballonnements.

Le thé était servi. Chaud, fort et sucré. Elle le sirota. Elle aimait le thé que servait sa mère. Le Brooke Bond Red Label préparé dans la cuisine de sa mère avait quelque chose de réconfortant.

Chez eux, ce n'était jamais elle qui préparait le thé. C'était lui. Avec les meilleurs thés de Darjeeling. Ça nous ressemble, pensa-t-elle, en décalage par rapport à la norme.

Les dimanches soir sont déprimants, avec la perspective d'une semaine de travail, de la cuisine et du ménage à faire, des devoirs d'épouse à remplir…

Sa mère se plaisait dans son rôle d'épouse. Un rôle qui lui allait bien.

Ils étaient assis dans le salon à l'attendre. Ils l'aimaient beaucoup même si elle les avait déçus. Ils attendaient avec impatience les week-ends, quand elle rentrait à la maison. Comme si rien n'avait changé.

Elle alla s'asseoir dans le nouveau canapé. « Ne mets pas les pieds dessus », la mit en garde sa mère.

Sa mère détestait la poussière, le désordre. Autrefois, il y avait de cela bien longtemps, son frère, mécontent de devoir ranger sa chambre, avait dit que c'était freudien. Ce besoin pressant de conquérir la poussière, de contrôler certains aspects de la vie. Elle avait ri. Maintenant, elle ne savait plus trop s'il fallait en rire.

Sa mère était assise dans son fauteuil et la lueur de l'écran de télévision allumé donnait à son visage d'étranges reflets de fonds marins. Son père était confortablement installé dans un fauteuil assorti. Ils étaient l'un à côté de l'autre comme toujours depuis trente-cinq ans. Elle n'arrivait pas à comprendre comment ils faisaient.

« Pourquoi est-ce que vous vous collez ainsi l'un à l'autre ? » demanda-t-elle.

Un mystérieux sourire flotta sur le visage de sa mère.

« Voilà longtemps que nous sommes ensemble. Et maintenant qu'il ne nous reste plus tant d'années que ça à vivre et que nous ne sommes plus que tous les deux, nous aimons être près l'un de l'autre. Ça nous rassure. »

Elle sentit sa gorge se nouer. Oh, maman, maman, avait-elle soudain envie de s'écrier avant d'enfouir son visage dans le giron de sa mère. Mais elle n'aimait pas les effusions. Elle changea donc de sujet pour étouffer le jaillissement de ses émotions.

« Avez-vous conclu l'achat de la maison ? »

Son père et sa mère échangèrent un regard.

« Nous avons décidé de ne pas acheter cette maison, répondit doucement sa mère.

— Tant mieux ! répondit-elle d'un ton enjoué. Franchement, ça n'avait aucun sens de déménager à deux rues d'ici pour une pièce de plus.

— Je n'ai pas dit que nous allions rester ici…

— Comment ça ? »

Ce fut son père qui répondit, cherchant ses mots pour faire part de son rêve, de leur rêve, à cette fille égoïste qui était la leur.

« Nous partons d'ici. Nous retournons dans mon village. Nous allons faire construire une maison là-bas. Une maison où je pourrai m'asseoir et regarder la pluie tomber. Une maison sans fenêtres indiscrètes, sans hurlements d'enfants, où nous serons tous les deux, entourés d'arbres et de fleurs. »

Elle secoua la tête, incrédule. « Vous êtes en plein rêve ! Qu'est-ce qui vous prend ? Vous allez mourir d'ennui. Vous détesterez ça. Et puis, où irai-je pendant les week-ends si vous partez ?

— Ecoute, répondit sa mère avec colère, nous ne te demandons pas ton avis. Nous savons parfaitement ce que signifie ce déménagement.

Mais il s'agit de notre rêve. De notre vie et de notre choix. Nous avons passé notre existence à nous faire bouffer par les autres, nos voisins, nos collègues, nos amis, même vous les enfants. A faire tout ce que vous vouliez. Même si nous étions heureux de suivre le mouvement car nous ne voulions faire de mal à personne. Et surtout pas à vous. Mais c'est notre dernière chance et nous ne voulons pas mourir en nous demandant si nous avons raté notre vie. Pour une fois, nous n'allons pas être prudents. Il n'est pas question que nous changions d'avis.

— Il faudra un certain temps avant qu'elle soit terminée et vous pourrez venir ici en attendant. Ensuite, vous viendrez nous voir là-bas quand vous aurez plus de temps à vous. Ne t'inquiète pas pour nous, tout ira bien », ajouta gentiment son père.

Puis il scruta le ciel à la recherche de l'orbe rassurant de la lune.

Dans le bus, elle sentit à nouveau les larmes lui monter aux yeux. Elle le regarda, assis à côté d'elle. Un vrai Bouddha. Impassible. Indifférent.

Que ferai-je quand ils seront partis ? se demandait-elle sans cesse.

Les dimanches soir étaient horribles. Déprimants. Même la lune était partie en vacances au lieu de l'accompagner comme elle le faisait d'ordinaire, perchée sur un nuage duveteux, avec son grand sourire idiot. Elle regrettait de ne pas avoir pris ses parents dans ses bras. De ne pas leur avoir fait comprendre qu'elle leur souhaitait de réaliser leur rêve. De ne pas leur avoir dit qu'elle les aimait.

La vie était tellement compliquée. C'était tellement dur de distinguer le bien du mal.

Le vent lui cinglait le visage. Les autobus s'étaient transformés en démons enragés, aux phares brisant les colonnes de la nuit dans un hurlement d'accélérateur.

Elle ferma les yeux, pour repousser ces pensées angoissantes qui vous obsèdent avec l'insistance d'une carie attaquant une molaire.

Il reste encore aux jeunes le réconfort du sommeil, auraient dit ses parents.

LE CONTE DE LA SORCIÈRE

La sorcière se tenait à l'angle de la 145e Rue et d'Amsterdam Avenue. Elle prit une profonde inspiration. Le froid du trottoir transperçait le vieux cuir de ses chaussures, se répandait dans ses chaussettes de laine et s'infiltrait jusque dans ses os. Le capuchon de sa cape dépenaillée retombait devant ses yeux – pan de tartan récalcitrant qui refusait de se laisser discipliner. Irritée, elle le repoussa et regarda autour d'elle. Des doigts glacés se glissèrent dans la cape, cherchant à la toucher. Lorsqu'elle sentit le froid s'insinuer en elle, elle réalisa avec un pincement au cœur que son heure était venue.

La veille, elle avait eu un pressentiment : il fallait qu'elle commence sa quête sans plus tarder. Elle avait donc enfilé sa vieille cape, fait une caresse au chat et laissé la porte entrouverte derrière elle. Quelque part dans la ville, elle trouverait quelqu'un à qui léguer l'œuvre de toute une vie, une âme digne de recevoir un tel bonheur, un tel pouvoir.

Elle s'était approchée des baraques alignées au pied du pont de Manhattan. Elle avait observé les allées et venues à l'entrée du magasin Macy's. Elle s'était assise sur un banc à Central Park, indifférente au froid et aux regards curieux. Elle s'était tenue en haut de l'escalier d'une station de métro. Elle avait fait les cent pas devant le palais du porno, le Show World Centre, réprimant une grimace de dégoût chaque fois qu'une prostituée la frôlait. Elle avait parcouru le terminal des bus de Port Authority, scrutant chaque visage en quête d'un signe. Elle avait jeté un œil dans les snacks, avait prétendu faire ses courses au supermarché. Elle avait exploré tous les endroits où on l'avait laissée entrer. Maintenant, elle se trouvait à Harlem. Le signal piéton était au rouge, interdisant d'avancer.

« Et que suis-je censée faire ? Me servir d'un balai magique ? » demanda-t-elle au feu de signalisation.

De chaque côté, les immeubles en briques rouges semblaient se refermer sur elle, telles d'immenses falaises formant un gouffre d'ombre plongeante qui obstruait la lumière. A ses pieds, la fumée âcre d'une bouche d'aération s'élevait en volutes. Les trottoirs gris se déroulaient devant elle, aussi fascinants que les traîtres sentiers d'un paysage de lande. Elle entendit le souffle rauque d'une respiration et des pas lourds derrière elle. Elle se raidit. Si je traverse, peut-être ne me rattrapera-t-elle pas, se dit-elle.

Elle s'élança sans réfléchir dans la marée des voitures. Mais une main la retint. « Attention ! » Une épaule la soutint et une voix rassurante l'entraîna vers une caisse en bois posée sur le trottoir.

La sorcière sentit son cœur bondir de joie. Elle plongea dans les replis humides de sa cape et en sortit une petite bourse en cuir. Tâtonnant, elle la fourra dans la main venue à son secours. Il n'y avait pas de temps à perdre : la Grande Faucheuse l'avait rattrapée et la vidait de son souffle vital avec un malin plaisir. Dans un dernier sursaut de volonté, elle s'arracha à ses griffes et s'écria : « Cette bourse renferme le pouvoir de l'univers !

— Quoi ? demanda la voix.

— Prenez. Tenez, prenez, insista la sorcière. Faites-le avaler à qui vous voulez, le président, le pape ou le plombier, et il deviendra votre esclave à jamais. A une seule condition : ne lui dites jamais "je t'aime"… »

La sorcière sentit les griffes se resserrer autour de son cœur. Elle n'arrivait plus à parler. L'inconnue utiliserait-elle ce pouvoir pour changer de vie ou se contenterait-elle d'un paisible bonheur ? La sorcière s'affaissa sur le sol. Et tandis que la Grande Faucheuse aspirait son dernier souffle de vie comme les dernières gouttes d'un soda à la vanille, elle réalisa qu'elle s'en moquait.

Les banshees[1] poussèrent leur cri précurseur de mort. Quand un flocon de neige vint se poser sur son visage tourné vers le ciel, des portières claquèrent, aussi irrévocablement que les mottes de terre fraîchement retournée qui peu à peu recouvrent un cercueil.

Saro se rendit chez Manny's Chicken Restaurant et commanda un double cornet de glace vanille et cerise. La glace à la main, elle marcha, pensive, en direction de l'immeuble en briques rouges qui abritait leur appartement. Voilà près de trois mois qu'elle était là et elle avait l'impression de ne pas exister. Chaque journée se résumait à un cornet de glace qu'elle léchait furtivement. Les jours s'écoulaient sans même qu'elle s'en rende compte et elle ne retirait de leur passage qu'un sentiment de culpabilité qui venait se loger quelque part dans ses tripes. Elle ne connaissait personne. Elle ne faisait rien. Sinon dériver d'une matinée à l'autre. D'un parfum de glace à un autre.

En arrivant chez elle, elle roula en boule la serviette en papier et la jeta, lava ses doigts poisseux et alluma la télévision. Oprah présentait une de ses émissions de relooking. Elle vit une femme

1. Personnages du folklore celtique ; fées dont les hurlements annoncent une mort prochaine.

obèse et renfrognée de l'Ohio se transformer en quelques minutes en créature volubile et tout en rondeurs. Mais ce soir, même la magie d'Oprah ne parvenait pas à capter son attention. Au moment de la pause publicitaire, Saro céda à la curiosité.

Elle prit la bourse en cuir dans son blouson d'aviateur et en délia les cordons. Elle n'avait aucune idée de ce qu'elle pourrait y trouver : des pierres précieuses voilées d'une fine couche de poussière, un camée monté en broche, ou quelques chewing-gums. Elle ne put réprimer une certaine déception à la vue des trois boules noires qui vinrent rouler dans le creux de sa main. Voilà qui résumait bien ce qu'était devenue sa vie. Elle mordit dans l'une d'elles du bout des dents. Elle avait un goût acide. Un peu comme les boulettes de tamarin que sa mère préparait à la maison, pilant dans le mortier gousses et gros sel avant de les mettre à sécher au soleil. Elle remit les boules dans le sachet qu'elle replaça dans la bourse. « Peut-être ma vie va-t-elle changer avec ça… » Elle se rendit compte qu'elle parlait tout haut et se mordit la langue.

En arrivant dans cette ville, elle était incapable de détourner le regard quand elle voyait quelqu'un parler seul. A la poste, au supermarché, dans le métro. Nulle part on n'était aussi seul qu'à New York. Puis elle avait fini par s'habituer à la véhémence de ces monologues. Elle comprenait même de mieux en mieux combien cela soulageait de parler, fût-ce à soi-même.

Saro essaya de se concentrer sur les images tremblotantes de la télévision. Puis elle sentit une étrange langueur irradier au creux de son estomac. Des picotements qui la submergèrent, la remplirent de chaleur, de satisfaction et de bonheur. Quand elle entendit la clé de Sushil tourner dans la serrure, elle se redressa dans son fauteuil. Elle lui ouvrit les bras en roucoulant : « Tu rentres tôt. »

Il la regarda, surpris. « On pourrait sortir prendre un verre et manger une pizza », dit-il d'un ton un peu las. La plupart du temps, quand il rentrait à la maison le soir, elle était assise, le visage fermé, le regard rivé sur la télé. Et si elle parlait, c'était pour chercher la dispute.

« Non, restons ici. Je vais faire à manger. Qu'est-ce qui te ferait plaisir ? »

Il la dévisagea, déconcerté. « Ce que tu veux. Quelque chose de facile à préparer. »

Elle commença à sortir du frigidaire les ingrédients d'un repas sophistiqué. « Que dis-tu d'un pulao avec un curry de poulet, du raïta et des pappadums ? demanda-t-elle d'un ton enjoué.

— Parfait ! » répondit-il de la salle de bains.

Elle se mit à fredonner tout en pelant, coupant, rissolant.

Sushil mit de la musique. La voix de Nusrat Fateh Ali Khan se mêla aux parfums émanant de la cuisine et fit ressurgir les souvenirs du pays qu'il avait quitté. Pressé de dissiper une nostalgie qui menaçait de sombrer dans le sentimentalisme,

Sushil ouvrit une bouteille de vin rouge. Quand il s'approcha de Saro pour lui donner son verre, elle le prit en murmurant d'un air absent : « Pourquoi ne vas-tu pas te détendre ?

— Tu es sûre que je ne peux rien faire pour t'aider ? » s'étonna-t-il.

D'ordinaire, elle insistait pour qu'il participe aux tâches ménagères, même si sa journée avait été épuisante.

Plus tard, une fois qu'elle eut fait la vaisselle et nettoyé la cuisine, elle se doucha et se parfuma le cou, l'intérieur des poignets et le creux des genoux. Elle enfila une nuisette noire en nylon qu'il lui avait offerte et qu'elle ne mettait jamais car le tissu lui grattait la peau. Elle laissa la lampe de chevet allumée afin qu'il la voie et la désire, et s'allongea langoureusement sur le lit. Quand il vint se coucher, elle le regarda ôter ses lunettes, les poser sur la table de nuit et se glisser à côté d'elle. Il lui prit la main et, de l'autre, éteignit la lampe, plongeant la pièce dans l'obscurité. Puis il lui fit l'amour, un amour calme et conjugal. Au moment de jouir, il poussa un grognement sourd, la tint dans ses bras une minute et lui murmura à l'oreille un « je t'aime » avant de se tourner et de s'endormir immédiatement.

Saro, allongée sur le dos, regardait fixement le plafond. L'angoisse est une chose difficile à décrire. C'est parfois une sensation physique, parfois une intuition. Quand elle vous quitte, vous

vous sentez si léger que vous flottez comme une montgolfière, escaladez les nuages, parlez à la lune, chatouillez les étoiles et insultez les satellites qui ont le malheur de croiser votre chemin.

Saro sentit cette angoisse familière l'envahir. Rien n'allait changer. Il continuerait à la traiter en esclave, en putain, en bonne à tout faire. Et le pire, c'était qu'il pensait bien faire. Après tout, il la gratifiait de l'indispensable « je t'aime » chaque fois qu'ils baisaient.

Le radio-réveil indiquait 1:39 et sa lueur lui permettait de distinguer les contours de ce qui l'empêchait de bouger. Un avant-bras inerte couvert d'un duvet de poils sombres s'était extrait des draps et l'enserrait dans son étau pour la clouer au lit. Reniflant l'odeur devenue familière où se mêlaient eau de Cologne, effluves corporels et parfum musqué du sexe, elle fut prise de dégoût. Un sanglot lui monta à la gorge. Elle contempla le bras avec colère. Puis, du pouce et de l'index, elle le souleva et le laissa retomber sur la poitrine de son propriétaire.

Elle ôta sa nuisette d'un mouvement rageur, enfila un tee-shirt et alla s'asseoir dans le salon. La sirène d'une voiture de police hurla. Elle appuya le nez contre la vitre, essayant de calmer ses émotions bouillonnantes. Puis lui revinrent à la mémoire une main ridée agrippant ses doigts et une voix rauque qui lui marmonnait, ne lui dites jamais « je t'aime ».

Dans le café, un Apollon nordique était assis à côté d'elle, occupé à remuer le sucre dans son expresso. Elle le regarda du coin de l'œil. Des cheveux blonds qui coulaient, brillants, sur sa veste en cuir noir, des bottes montantes aux boucles argentées et une carrure impressionnante. Quand il était passé à côté d'elle, un trouble étrange l'avait saisie. Jamais il ne lui avait été donné de se trouver face à une telle perfection, une telle virilité.

Ce soir-là, quand Sushil se mit à lui caresser le dos, rituel signifiant qu'il avait envie d'elle, elle l'ignora. Comme il insistait, elle fit semblant de dormir. Plus tard, quand en pleine nuit il lui fit l'amour, elle s'imagina dans les bras d'un homme aux mèches blondes et aux muscles saillants qui l'emportait au septième ciel. Le matin, quand elle se réveilla et entendit le doux ronflement de Sushil, elle se sentit flouée. L'impression perdura toute la matinée.

Elle l'accompagna jusqu'au métro et lorsqu'un clochard secoua sa sébile sous leur nez en disant : « Hé, doc, t'as pas deux pièces pour moi ? », Sushil répondit : « Non, Charlie, pas aujourd'hui. »

« Pourquoi t'appelle-t-il doc ? demanda-t-elle.

— Sans doute parce que j'ai une tête de médecin », répondit-il, l'air absent.

Elle le dévisagea en essayant de comprendre le sens de sa réponse. Il lui sembla le voir pour la première fois. Pas beaucoup plus grand qu'elle. Cheveux courts, barbe bien taillée. Style classique et démarche contrôlée. Comme s'il voulait se fondre dans la foule. Puis l'image d'un Apollon blond à la fière allure et dont chacun des pas semblait dire « Regardez-moi » lui vint à l'esprit.

Elle retourna au café l'après-midi, espérant l'y trouver. Son cœur battit la chamade quand elle le vit se frayer un chemin dans le bar pour arriver au comptoir. Quand il se tourna vers la serveuse pour lui parler, elle laissa tomber la boule noire dans sa tasse. Ce fut d'une facilité déconcertante. Elle observa la tasse en se demandant si elle allait se mettre à mousser. Mais le café continua de fumer paisiblement, lac de boue noire sous lequel brûlait un feu céleste.

Elle avait résolument évité de regarder dans sa direction tandis qu'il buvait son café. Quand sa tasse fut vide, elle lui ordonna de la regarder. Ce qu'elle lut dans ses yeux la fit rayonner : Salut, âme sœur. « Salut, dit-il. Vous êtes du coin ?

— D'après vous ? répliqua-t-elle.

— A vous de me dire », dit-il avec un grand sourire.

Que dirait la Cordelia de Shakespeare ?

Elle parlerait d'un amour évanoui. D'une vie gaspillée, aussi dérisoire que des miettes de popcorn. Du désir qui la transperçait comme une lame avec l'élan d'un train de la ligne D à chaque regard qu'il posait sur elle. Une heure et quelques cafés plus tard, sa main se faufilait sur le comptoir à la recherche de la sienne. La boulette semblait avoir fait effet. Elle laissa glisser sa main au creux de la paume de son compagnon, et quand elle sentit ses doigts se refermer sur les siens, elle sut avec certitude que s'il le lui demandait, elle le suivrait au bout du monde. Il fit courir son pouce sur la chair tendre de sa paume et elle se tourna vers lui pour le dévisager avec, dans le regard, une promesse. Oh, mon amour, maintenant que tu es en mon pouvoir, je ne te laisserai plus jamais partir.

Main dans la main, ils marchèrent à travers les rues, puis, toujours en silence, montèrent dans un train pour Washington Heights. Ils prirent l'ascenseur jusqu'à son appartement et ne parlèrent qu'une fois à l'intérieur. « J'en ai rêvé tout l'après-midi », dit-il avant de la prendre dans ses bras et de l'embrasser avec fougue.

Elle était allongée sur le côté, le visage enfoui au creux de son épaule. « J'ai quelque chose à te dire, commença-t-il.

— Tu as le sida ? demanda-t-elle, désinvolte.

— Non, t'inquiète pas. Tout va bien de ce côté-là. Mais je suis marié, lâcha-t-il.

— Moi aussi.

— Je sais. Comment pourrais-je vivre sans toi ?

— Pourquoi devrais-tu vivre sans moi ? demanda-t-elle avec humeur. Où est ta femme ?

— Ici, c'est chez un ami. Il faut que je rentre chez moi. Dans le Maryland.

— Quand ça ? demanda-t-elle.

— Bientôt. Demain. J'ai un fils. Il m'attend pour Noël.

— Et nous ? » murmura-t-elle. L'effet magique de la boulette devait-il se limiter à une partie de jambes en l'air, fût-elle des plus agréable ?

« Donne-moi jusqu'après Noël. S'il te plaît, chérie. Je trouverai une solution. Tu pourras venir me voir et on réfléchira à notre avenir à ce moment-là. »

Il l'attira à lui et, cette fois, ils firent l'amour avec une fièvre qui les submergea tous deux. Comme si, par l'union des corps, ils pouvaient fondre leurs destinées individuelles.

Il appela un taxi et la raccompagna chez elle. Quand le taxi s'arrêta près du trottoir, il l'attira à lui et murmura : « Je t'appelle. Ne m'oublie pas, hein ? Tu sais à quel point je…

— Chut. » Elle posa un doigt sur ses lèvres. « Je sais. J'attends ton appel. »

Ce n'est qu'en entrant dans l'appartement qu'elle se souvint de Sushil.

Dans les contes de fées, il est rare qu'une fois leur sort jeté, les enchanteresses doivent attendre près du téléphone, œil rivé sur l'appareil, priant pour qu'il sonne. Elles n'ont pas à subir l'humiliation de rapports conjugaux alors qu'elles ne rêvent que d'amour au clair de lune. Elles n'ont pas à se plier à la routine du quotidien, à faire leur examen de conscience ou à traverser des moments de supplice intense en se demandant si le sortilège qu'elles ont jeté a une date d'expiration.

Saro n'était pas une enchanteresse. Mais les petites boules noires lui avaient donné l'illusion d'en être une. Elle pensait l'avoir trouvé et le tenir sous sa coupe. Mais deux semaines s'étaient écoulées depuis cette nuit-là et elle n'était plus sûre de rien.

Trois jours après le début de la nouvelle année, la sonnerie du téléphone retentit, stridente, déchirant le silence de la soirée. Le cœur de Saro se mit à battre la chamade.

« Allô ! répondit-elle d'une voix hésitante.

— Salut ! » C'était lui. « C'est moi, Neil. Ça va ?

— Ça va. Pourquoi n'as-tu pas appelé ? demanda-t-elle.

— Je voulais le faire, mon amour. Mais je n'ai pas pu. J'avais des trucs à régler. Tu m'aimes encore ? » Sa voix résonnait à ses oreilles.

« Tu sais bien que oui », dit-elle dans un murmure alors qu'elle était seule dans l'appartement. La photographie de Sushil lui souriait.

« Dis-le, chérie.

— Je ne peux pas, répondit-elle, désemparée.

— Qui va t'entendre ? Les géraniums ou les tableaux de ton bel appartement ?

— Je ne peux pas. » Elle mentit : « Je ne suis pas seule. Quand est-ce qu'on se voit ? demanda-t-elle, en essayant de ne pas paraître trop pressante.

— Pourquoi tu ne viendrais pas chez moi dans deux ou trois jours ? On verra ensuite…

— Très bien. Est-ce que je peux te rappeler pour te dire à quelle heure j'arrive ?

— Bien sûr. J'attendrai ton coup de fil. »

Elle raccrocha, transportée de joie. Tout à coup, plus rien ne comptait que d'être dans ses bras.

Quand vous avez dessiné un cercle enchanté, tout suit comme par magie. Sushil était à Richmond pour un meeting de la compagnie AMWAY. C'était si facile ! Elle n'avait qu'à retirer de l'argent, préparer son sac et laisser un message sur le répondeur. Tant qu'elle continuerait d'appeler Sushil tous les jours à la même heure, il ne se rendrait même pas compte qu'elle avait quitté New York.

Avant de refermer derrière elle la porte de l'appartement, elle prit une photo de leur lune de miel et la contempla quelques instants. A une époque, elle croyait être amoureuse de lui. Au bout de six mois de mariage, elle s'était aperçue avec horreur qu'elle n'éprouvait rien pour lui, pas même de l'affection.

Il lui faudrait bientôt prendre une décision concernant Sushil et leur mariage. Mais pour l'instant, l'heure était à la magie des retrouvailles. Un matin de janvier, de bonne heure, elle prit donc la navette pour Washington DC. Assise sur son siège, le nez appuyé à la vitre, elle se dit qu'elle ne reviendrait pas. Tout ce qu'il fallait, c'était qu'elle n'oublie pas la clause accompagnant le sortilège.

Ose-t-on jamais rêver à un avenir où l'on vit heureux jusqu'à la fin de ses jours ? La réponse est oui, si vous avez eu la chance de croiser le chemin d'une bonne fée. C'était le cas de Saro. Dans sa vie enchantée, les maris se transformaient en citrouilles et le sortilège ne prenait pas fin au douzième coup de minuit.

Neil vint la chercher à la gare. Il ressemblait plus que jamais à une rock star. Il la prit dans ses bras et ses baisers la délivrèrent de toutes les inquiétudes qui l'avaient hantée depuis leur dernière rencontre. Dans la vieille Cadillac cabossée qui les attendait dehors était assis un géant aux cheveux de jais, coiffé d'un Stetson, et au regard oriental. Sur le siège du chauffeur se trouvait un homme minuscule aux boucles blondes qui descendaient jusqu'à sa taille. « Voici Wolf et Ben. » Neil fit les présentations.

« Où allons-nous ? demanda-t-elle, essayant de résumer en une question cohérente toutes les sensations qui se bousculaient dans sa tête.

— A la maison, répondit Neil en lui tenant la main.

— Et où est-ce ? demanda-t-elle, curieuse.

— Tu verras, ma chérie. Ne sois pas impatiente », murmura-t-il en lui mordillant l'oreille.

Quand une voiture de police en patrouille croisa leur chemin, ils s'engouffrèrent dans une allée. « Tu aimes les flics ? demanda Neil, le regard sombre.

— Beaucoup. Parfois, je me dis que j'aimerais bien en être un, répondit-elle en plaisantant.

— Vous entendez ça ? lança Neil à la cantonade.

— Je suis sûr qu'elle plaisante, murmura Wolf. Il n'arrête pas de parler de toi depuis qu'il est rentré. Qu'est-ce que tu lui as fait ? demanda-t-il avec un clin d'œil.

— Je l'ai envoûté, répondit Saro sans mentir. Il ne vous a pas dit que j'étais une ensorceleuse ?

— Ben voyons ! Et qu'est-ce que tu fais d'autre ? Tu charmes les serpents ? Tu dors sur une planche à clous ? Tu transformes les hommes en crapauds ? questionna Wolf, hilare.

— Il ne vous a pas dit que je suis une princesse et que j'allais à l'école à dos d'éléphant ? »

Neil s'esclaffa et lui sourit avec un regard d'amoureux transi. « Elle est adorable, n'est-ce pas ?

— Le jour où tu ne veux plus d'elle, t'inquiète pas, je prends la relève. » Wolf lui lança un grand sourire, s'humectant les lèvres d'un air lascif.

La maison était située dans une rangée de demeures identiques qui s'alignaient le long de cette rue de banlieue. La chaussée était bordée d'arbres aux branches nues et noires chargées de neige. Ramures fines et duveteuses rehaussées de tons argentés qui scintillaient dans la nuit. Guirlandes de Noël que seul un soleil assidu pourrait défaire. Saro sortit de la voiture et se dit qu'elle n'avait jamais rien vu de plus beau que la maison de Neil.

En revanche, l'aspect miteux de l'intérieur ne pouvait se dissimuler derrière une couche de neige étincelante. Hésitante, elle resta sur le perron et, de là, balaya du regard la peinture défraîchie, le feu ronflant dans la cheminée et le petit garçon en pyjama. Cherchant un allié, un objet familier en territoire inconnu. Puis un jeune berger allemand bondit vers elle et, en guise de bienvenue, se mit à lui lécher le visage avec fougue.

« Couché, Boy, couché ! ordonna Neil, tandis que Wolf observait la scène d'un air narquois.

— Fameux chien de garde ! » ricana-t-il.

Neil se tourna vers lui avec colère. « A qui la faute ? Qui est-ce qui le gâte tellement qu'on ne peut plus rien en tirer ?

— Allons, allons… coupa Saro.

— Ça va, chérie ! murmura Neil. Viens là et serre-moi dans tes bras. »

On aurait dit qu'il lisait ses pensées et voyait les nuées de doute qui s'y bousculaient. Alors qu'elle posait sa joue contre sa poitrine, elle sentit une paire d'yeux la fixer. Des yeux aussi bleus que ceux de son père. Neil Junior, Neil Blainey Kiser, et soudain elle réalisa qu'elle n'était plus seulement une femme adultère mais une briseuse de ménage en puissance. Mais rien ne comptait que la chaleur de la peau de Neil contre la sienne.

La maison était hantée. Saro devinait le fantôme d'Alicia dans chacun de ses recoins, les rideaux blancs à froufrous flottant devant une fenêtre solitaire, les tubes de spermicides sous le lit, la chambre jonchée de cartons remplis de soutiens-gorge, de slips, de peluches, de robes et de chaussures. Pas un centimètre de la maison qui ne portât sa marque, à l'exception de la cave. Alicia détestait la cave. Partout ailleurs, Saro comprit qu'il lui faudrait exorciser le souvenir de cette femme paresseuse, enfant gâtée, sirène voluptueuse, panier percé, mère égoïste, épouse volage.

Saro nettoya la salle de bains, frotta la baignoire jusqu'à ce qu'elle étincelle de propreté. Elle ouvrit en grand les placards de la cuisine, jeta tout ce qui avait dépassé la date de péremption et rangea le reste avec une précision militaire. Elle remplit la machine à laver, appareil capricieux sur lequel il fallait taper pour qu'il se mette à ronfler. Elle mit une blanquette à cuire à feu doux, ajouta quelques herbes et la laissa mijoter jusqu'au dîner. Elle donna à Blainey des carottes, lui lava le cou et derrière les oreilles, le coucha et lui lut des histoires jusqu'à ce qu'il s'endorme. Puis elle ramassa les montagnes de jouets éparpillés par terre à côté de son lit et les jeta dans l'immense coffre en bois qui occupait un coin de la chambre. Le soir, quand ils s'assirent à table pour dîner, elle les regarda avec un sentiment secret de triomphe. Ils étaient sept. Neil, Wolf et Maria son amie, Nancy sa mère, et puis Ben et Tom et Lisa, qu'elle n'avait pas encore vus. Au moment où ils rompaient le pain croustillant et le trempaient dans la sauce, Alicia revint sur le tapis.

« Blainey a été sage toute la journée, dit Nancy. Quand Alicia est là, il n'arrête pas de faire des caprices, expliqua-t-elle à Saro.

— Tu as accompli un vrai miracle, marmonna Ben. Le ménage, c'était pas le truc d'Alicia.

— Elle préférait rêver à la clôture blanche et aux rideaux de dentelle qu'elle aurait chez elle, lâcha Maria.

— Ce qui signifiait qu'on devait partir. Elle nous en voulait d'être là… » Les paroles pleines de rancœur de Wolf alourdirent l'atmosphère.

Puis Neil déclara d'un ton rogue : « Mon père battait ma mère parce que la maison n'était pas assez propre. Et c'était nickel, comparé à ici.

Alicia me disait que si je trouvais un boulot, que j'allais travailler en costard et que je me débarrassais de tout le monde, on pourrait enfin former une vraie famille. Et qu'elle ferait la cuisine, le ménage et se comporterait comme une bonne épouse.

— Et où est-elle maintenant ? » La question de Saro rendit palpable l'absence d'Alicia.

Tom leva les yeux de son assiette. « Tu ne savais pas ? Ils sont séparés, à l'essai. »

Lisa balaya ses cheveux de son visage et demanda : « Quelqu'un veut du café ? »

Dans l'un des cartons, Saro trouva un bouton de rose fané et une lettre. Celle de Neil à Alicia, datée de quelques semaines. Elle la lut et sentit une boule se loger dans sa gorge, accompagnée d'un étrange embarras, comme si elle s'était immiscée entre deux personnes dans un moment d'intimité sacrée.

La nuit précédente, après le dîner, ils étaient allés dans un bar. Et Neil avait à nouveau parlé d'Alicia. « Je ne voulais pas l'épouser. Je passais de bons moments avec elle mais on n'avait rien en commun. Jusqu'à ce qu'elle tombe enceinte. Et là, ma mère s'y est mise. A elles deux, elles ne m'ont pas lâché jusqu'à ce qu'on se marie.

« Tu sais comment on s'est mariés ? Un soir, j'étais complètement bourré et quand elles sont revenues à la charge, j'ai dit d'accord, on se marie. On est allés en Virginie en voiture, on a frappé à la porte d'un juge de paix, dans une petite ville, et il nous a mariés jusqu'à ce que la mort nous sépare. »

Saro regarda ses pieds. Qu'était-elle censée dire ? Devait-elle le consoler en disant, ne t'inquiète pas, les choses vont finir par s'arranger. Elle va revenir, tu verras. Ou bien : oublie-la, je suis là, moi. Elle jugea plus sage de se taire. Quand elle essaya de décrire sa relation avec Sushil, elle s'en trouva incapable. Cela lui semblait si loin. C'était une autre vie. Une vie avec laquelle elle tentait de maintenir un lien tous les matins pendant quelques minutes, en marmonnant des futilités au téléphone.

« Tu vois cette étoile ? Juste à côté de la lune. Si un jour si tu as envie de te trancher les veines, regarde le ciel et souviens-toi que nous dormons tous les deux sous cette même étoile », lui avait dit Neil en la regardant dans les yeux. Et elle avait senti des larmes lui couler le long des joues et un étau lui serrer la gorge.

Qu'était devenu tout l'amour qu'il éprouvait pour Alicia ? Etait-ce Alicia qui l'avait quitté ? Laquelle serait la plus puissante : la boulette d'amour de la sorcière ou l'intransigeance d'Alicia ?

Saro rangea la lettre et la rose dans le carton, y fourra les sous-vêtements d'Alicia et quitta la chambre. Elle n'avait plus envie de mettre de l'ordre dans le désordre de quelqu'un d'autre.

Elle traversa le couloir et s'arrêta devant le tableau qu'offrait Nancy dans le salon. Elle était assise sur une chaise à dossier droit, dans ce peignoir de velours vert mousse qu'elle portait à longueur de journée, sa chevelure grise et lisse lui descendant jusqu'aux hanches, les pieds croisés au niveau des chevilles, les mains reposant mollement dans son giron, les yeux fixant les flammes bondissantes. A quoi pense-t-elle toute la journée ? se demanda Saro.

« Bonjour », dit-elle doucement pour ne pas la tirer trop brusquement de sa rêverie.

Nancy tourna la tête : « Bonjour, réponditelle avec un sourire. Viens, prends une chaise. »

Saro s'accroupit pour s'asseoir sur l'épaisse moquette, élimée par endroits. Elle s'appuya contre le canapé et contempla les flammes qui jetaient des ombres dansantes sur les murs. « Avant de venir ici, je n'avais jamais vu de feu de cheminée. C'est fascinant. »

Nancy eut un sourire énigmatique et Saro se dit qu'elle n'avait pas toute sa tête.

« Quand j'étais aveugle, je m'asseyais près de la cheminée. Le feu me réchauffait les yeux, dit Nancy tout en se mettant à tresser ses cheveux.

« Quand Wolf était encore un bébé, je le donnais souvent à garder à ma sœur. Un jour, en rentrant des courses, je l'ai trouvée au lit avec mon mari. Je ne me souviens plus exactement de ce que j'ai ressenti. Trahison, douleur, choc. Tout ce que je sais, c'est que la rage s'est emparée de moi, transformant mes mains en serres et mes poings en marteaux. J'ai griffé, déchiré, pulvérisé tout ce qui me tombait sous la main. Je crois que j'ai saccagé toute la maison. On a dû me donner des calmants avant de m'emmener. Et quand je me suis réveillée, je me suis retrouvée devant un trou noir. Le docteur a dit que je faisais une cécité hystérique. »

Saro tripotait l'alliance qui ornait son annulaire. Pourquoi lui racontait-elle tout cela ?

« As-tu décidé ce que tu vas faire de ta vie ? demanda Nancy. Est-ce que tu cherches seulement à combler un vide ?

— Il m'aime, Nancy.

— Il est amoureux de toi, dit doucement Nancy. Nuance ! Vous n'avez rien en commun tous les deux. Il faudra combien de temps avant que tu te lasses de lui ? Réfléchis-y. »

Saro ramena ses genoux sous son menton. Pour l'instant, tout lui plaisait en Neil. Elle aimait sa façon de siffloter. Elle souriait avec indulgence quand elle le trouvait en train de lire un roman de Danielle Steel. Elle le regardait rouler un joint avec tendresse. Et surtout, elle gémissait de plaisir quand il lui faisait l'amour. Est-ce que cela suffirait ? Peu importe, décida-t-elle. Quand elle sortit de ses pensées, elle était seule dans la pièce. Nancy était retournée dans sa chambre. Elle se mit en quête de Neil.

Elle descendit à la cave, sans trop savoir si Neil voulait qu'elle les y rejoigne. « Salut, Saro. » Ben lui fit signe de s'asseoir à côté de lui. « Vous avez le câble en Inde ?

— Autrefois non, mais maintenant oui, répondit Saro avec un sourire.

— Super ! Alors tu as vu les Simpson. J'adore ce dessin animé. Pas toi ? demanda Ben, tout excité.

— Si. » Elle sourit.

« On trouve du shit là-bas ?

— Je suppose. Pourquoi ? »

Ben la regarda à travers ses cils. « J'ai bien envie d'aller m'installer là-bas.

— Tu devrais, répondit Saro. Et emmène Neil avec toi.

— Pourquoi as-tu besoin de Neil puisque je suis là ? gémit Ben d'un ton plaintif.

— Tu es trop jeune pour moi. Tu aimes les miel pops de Kellog's et les Simpson, plaisanta Saro en tirant les cheveux de Ben.

— Neil aussi, grommela Ben.

— Ah bon ? » demanda Saro, surprise. Puis elle croisa le regard de Neil et l'intensité de son désir pour lui effaça tous ses tourments.

« Viens ici, femme », dit-il en lui faisant signe d'approcher. Comme Boy, elle vint se recroqueviller à ses pieds et se laissa caresser les cheveux.

Elle n'arrivait pas à comprendre ce qui enflammait ses sens. Quand il avait sorti un fusil de sous le lit, le contact du métal froid contre sa paume lui avait paru aussi doux que sa peau soyeuse. « Si on vient m'arrêter, je veux que tu t'en serves pour m'aider à fuir, avait-il dit, en lui montrant comment appuyer sur la gâchette. Inutile de viser. Tu mets ton doigt ici et tu appuies. » Et elle, qui devait serrer les dents et prendre son courage à deux mains pour tuer un cafard, avait accepté sans broncher. Pour lui, elle était prête à verser le sang, à briser les os et déchirer la chair.

Au souvenir du canon menaçant, la dernière pièce du puzzle se mit en place. Les réticences d'Alicia concernant la communauté, l'euphorie dans le sous-sol, les chuchotements au téléphone, l'argent qui coulait à flots alors que personne n'avait l'air de travailler pour le gagner, le berger allemand dressé pour attaquer à la gorge, et le fusil… Elle repensa à l'expression de Nancy quand elle lui avait dit : « Vous n'avez rien en commun tous les deux. » Neil dealait de la drogue. Mais même cela, elle était prête à le lui pardonner.

Ce qu'elle n'arrivait pas à oublier en revanche, c'était le nettoyant intime qu'il lui avait offert le premier soir.

« Qu'est-ce que c'est ? avait-elle demandé en ouvrant fébrilement l'emballage.

— Je veux que tu sois propre. Intacte », avait-il répondu, assis sur le lit. Elle avait laissé tomber le paquet à moitié ouvert et s'était tournée vers lui. « Comment ça, intacte ? avait-elle dit farouchement. C'est la première fois que ce genre d'aventure m'arrive. Ce n'est pas parce que je suis ici avec toi que je fais ça avec tout le monde !

— Ce n'est pas ce que je voulais dire. » Neil était penaud. « Je voulais que tu n'appartiennes qu'à moi. Je voulais oublier que tu es mariée. » Puis il l'avait embrassée et quand il l'avait poussée vers la salle de bains en lui donnant le flacon, elle avait fait exactement ce qu'il lui demandait. Elle était retournée dans ses bras, propre, intacte, quasi virginale.

A l'aube, il l'avait réveillée en disant : « Trésor, habille-toi. Ça te dérangerait de finir la nuit sur le canapé de la salle à manger ? Blainey sera perturbé s'il te voit à la place de sa maman. »

Sans un mot, Saro s'était habillée et était allée s'installer sur le canapé. Elle s'était recroquevillée en boule, avait mordu ses poings et pleuré tout son saoul.

Et maintenant, accroupie à ses pieds, ce souvenir était revenu, jetant une ombre sur l'amour qu'elle éprouvait pour lui. Le lendemain matin, Neil l'avait portée dans ses bras dehors, menaçant de la laisser tomber dans la neige si elle ne lui faisait pas un sourire. Elle avait ri et lui avait pardonné son insensibilité de la nuit précédente.

Cherchait-elle à combler un vide ? C'est vrai, il était amoureux d'elle mais c'était une attirance superficielle. Après tout, la sorcière n'avait fait que lui promettre le pouvoir. Au bout de cinq jours, elle voulait davantage. Elle voulait avoir de l'importance à ses yeux.

La pipe était en verre bleu, à la fois fragile et puissante. Saro, allongée sur la moquette, la regardait passer de main en main. Blainey dormait. Il n'était pas autorisé à descendre à la cave. A la garderie, on montrait souvent aux enfants des photos de ce genre de pipes et de seringues, et on leur demandait s'ils en avaient déjà vu, et si oui, où ça. « On fait gaffe quand Blainey est là », dit Neil.

Toute la journée, elle avait vu Blainey regarder par la fenêtre. Il réclamait souvent sa mère et elle l'avait consolé en lui disant qu'elle reviendrait bientôt. Bizarrement, en prononçant ces mots, elle était convaincue de dire la vérité. Quand il avait montré des signes de fatigue, elle lui avait donné un sandwich au beurre de cacahuète et à la gelée de raisin, lui avait fait prendre un bain et l'avait couché. Il s'était endormi avant qu'elle ait fini de lire son histoire. Elle espérait que quand elle ne serait plus là, elle lui manquerait un peu et qu'il penserait à elle de temps en temps.

La pipe avait fait le tour de la pièce plusieurs fois, et quand Saro la réclama, Neil eut un moment d'hésitation. « Tu es sûre ? »

— Oui, j'aimerais savoir ce qu'on ressent. » Il la ralluma pour elle et elle inhala la fumée jusqu'à en avoir plein les poumons et l'esprit embrumé. Elle sentit l'étau qui l'avait enserrée toute la journée se relâcher. Elle se sentit pousser des ailes et fut submergée d'une lassitude mêlée de bouffées de soulagement. Elle sourit à Neil et tendit la main vers lui. Il la regarda en face et demanda avec colère : « C'est tout ce que je représente pour toi ? Une expérience ? Tu voulais savoir quel effet ça faisait de baiser un homme à la peau blanche ?

« Chut, tais-toi ! dit-elle doucement. *Je suis noire, mais je suis belle,* récita-t-elle. *Ne prenez pas garde à mon teint noir : c'est le soleil qui m'a brûlée.* »

Puis, comme si c'était plus fort qu'elle, elle continua : « *Les fils de ma mère se sont irrités contre moi. Ils m'ont faite gardienne des vignes. Ma vigne à moi, je ne l'ai pas gardée.*

— Hou là ! s'exclama Neil. Tu planes, chérie ?

— Un peu », répondit Saro. Juste assez pour être lucide sur nous deux, se dit-elle tout bas. Elle se leva et ouvrit les bras : « Adieu, amis. Enchantée d'avoir fait votre connaissance. »

Alors qu'elle gravissait les marches, elle les entendit ricaner.

Quand Neil vint s'allonger à côté d'elle, elle l'attira avec une frénésie teintée de désespoir. Elle caressa ses lèvres, ses joues, ses yeux, son torse, et des recoins de sa mémoire s'éleva un chant dont les paroles avaient été écrites des milliers d'années auparavant. Un chant païen, charnel comme l'intense besoin qu'elle avait de lui. Elle attira ses cheveux sur ses seins, avec douceur, dans un souffle : *Mon bien-aimé est blanc et vermeil, il se distingue entre dix mille. Sa tête est de l'or pur. Ses boucles sont flottantes, noires comme le corbeau. Ses joues sont comme un parterre d'aromates, une couche de plantes odorantes. Ses lèvres sont des lis, d'où coule la myrrhe. Son corps est de l'ivoire poli, émaillé de saphirs. Ses jambes sont des colonnes de marbre blanc, posées sur des socles d'or pur. Son palais n'est que douceur, et toute sa personne est pleine de charme.*

De doux murmures suaves virevoltèrent à travers l'air, comblant l'espace qui les séparait, jusqu'à ce que la langue de Neil s'enfonce dans sa bouche, buvant à la source de son amour, l'enivrant de la douceur de ce contact avide. Elle voulait sentir sa présence sur chaque centimètre carré de sa peau. Elle voulait qu'il pénètre chaque fissure, chaque recoin, chaque repli secret de son être. Ce qu'il fit avec un abandon presque démoniaque tant son appétit était insatiable. Toute la nuit, jusqu'à ce que le jour commence à poindre et que la lune se soit enfuie, elle lui donna toute liberté d'assouvir son désir à la source de sa passion. Puis, quand il fut repu, elle resta allongée, la tête sur sa poitrine, tandis qu'en elle résonnait à nouveau le chant : *Tel est mon bien-aimé, tel est mon ami*. Elle savait que le moment était venu de rompre le charme, d'essayer de combler le manque, et elle prononça délibérément les paroles fatales : « Je t'aime. »

Quelques instants plus tard, quand elle le regarda, elle vit le blanc de ses yeux briller dans la pâle lumière de la chambre. « Trésor, bafouilla-t-il, Alicia a appelé. Elle veut revenir.

— Quand veux-tu que je m'en aille ? » demanda Saro calmement. Etrangement, elle n'éprouvait aucune peine. Tout se passait comme elle l'avait imaginé. Il n'y avait plus rien à dire ou à faire. Il ne lui appartenait plus.

« Demain matin, à la première heure, tu prendras le Greyhound. »

Elle sentait le soulagement dans sa voix. A quoi s'attendait-il ? Qu'elle crie, verse des larmes et refuse de partir ? Saro ferma les yeux et fit semblant de dormir.

Le matin, Ben et Neil l'accompagnèrent jusqu'à l'arrêt du car Greyhound. Dans la voiture, quand elle éternua et dit « Je m'excuse », Neil la reprit d'un ton cassant: « On dit pas "je m'excuse", on dit "excusez-moi". »

Elle contempla quelques instants sa nuque. Et sut qu'elle occuperait dans sa vie une place comparable à celle d'un vieux carton plein de bricoles, relégué dans un coin abandonné de sa mémoire.

Le Greyhound se remplit et démarra. Elle regardait fixement devant elle. Elle ne voulait surtout pas se retourner et s'apercevoir qu'ils étaient partis avant elle.

Elle sortit de son sac la pochette et la tint dans le creux de sa main comme un talisman. Elle n'avait rien perdu d'irréparable.

Sur le siège à côté du sien il y avait une vieille femme avec un foulard noué autour de la tête. Elle avait des taches de vieillesse, des poignets enflés et une robe en tissu infroissable.

Saro prit une boulette et la mit dans son étui à rouge à lèvres. En guise de précaution si Sushil venait à apprendre son aventure avec Neil. Il n'en restait plus qu'une.

« Tenez, prenez. » Elle offrit la pochette à la vieille femme.

« Qu'est-ce que c'est? demanda cette dernière avec méfiance.

— La clé du pouvoir. Faites-le avaler à n'importe qui, le président, le pape ou le plombier, et il deviendra votre esclave. A une seule condition : ne lui dites jamais “je t’aime”. Car alors votre pouvoir s’évanouira en un clin d’œil, dit-elle en claquant des doigts.

— Qui êtes-vous ? demanda la vieille femme en tenant la pochette à distance comme si elle renfermait un serpent venimeux.

— Une sorcière », murmura Saro avant de fermer les yeux.

Quand elle les rouvrit, un peu plus tard, la vieille femme était allée s’asseoir de l’autre côté du couloir, près d’un jeune homme avec une casquette de base-ball. Il avait une voix douce et semblait avoir tout le loisir de parler à une vieille femme. Ils étaient plongés dans leur conversation. Lui racontait-elle l’étrange rencontre qu’elle venait de faire ? Se sentait-elle fondre à chacun de ses hochements de tête ? Allait-elle essayer de voir si le charme fonctionnait ? se demanda Saro. Et soudain, elle sentit des éclats de rire monter en elle. Ris, ris ma belle, se dit-elle sévèrement, ris pour ne pas pleurer.

Et tandis que le bus avançait dans l’aube, elle fut secouée d’une douce hilarité qui resta en suspens dans l’air longtemps après que le bus eut disparu à l’horizon.

LE CŒUR D'UNE RELATIVE

Les livres de grammaire sont traîtres. L'esprit aux aguets, parcourez les pages de l'un d'eux. Ce que vous y trouverez vous surprendra…

Principalement de l'injustice. Si vous pensiez que le monde était l'endroit le plus injuste qui soit, souvenez-vous que ces discriminations sont le fait des hommes. Et non des lois de la nature, de l'économie ou de l'espace.

Au fil des pages, vous découvrirez qu'un article est sûr de lui, défini, alors que les autres sont insignifiants et vagues.

Vous remarquerez que certaines voyelles sont arrondies tandis que certaines consonnes sont silencieuses.

Vous ne pourrez échapper à ces parasites que sont le préfixe et le suffixe. Ne vous attardez pas trop, sous peine qu'ils s'attachent à vous…

Et puis, il y a la relative. La relative, qui a besoin d'amour, qui n'aspire qu'à devenir dépendante, se nourrit du besoin que les autres ont d'elle.

Mais ne cédez pas à la pitié. La relative a horreur de ça, car elle a son amour-propre. Elle sait se refermer sur elle-même. La relative, ce pourrait être Norah, prisonnière du manuel de grammaire de la vie.

« Mais je ne suis pas comme les autres ! » Voilà ce que j'aimerais hurler. Mais sœur Katherine, entre autres, déteste qu'on élève la voix.

« Norah, dit-elle du ton tranchant qui la caractérise, ici, on ne permet pas d'entorses au règlement. Sinon, ce serait l'anarchie. Alors je vous demande de ranger votre service à petit déjeuner et d'utiliser l'assiette et le verre en inox, comme tout le monde. »

Sœur Katherine, à la poitrine plate comme une planche à repasser et au visage anguleux, est la surveillante de l'étage. C'est elle qui apporte des bols de soupe aux invalides et qui les leur fait avaler à la cuillère. Ses gestes ont la précision d'un mécanisme d'horlogerie. Et une et deux ; et une et deux. Jamais une goutte ne tombe, ne coule ou n'est recrachée.

Elle nous réveille le matin, nous sert une tasse de thé trop léger. Ceux d'entre nous qui connaissent le goût du bon thé le détestent mais le boivent pourtant avec gratitude. Il nous aide à émerger du sommeil, a un certain effet sur nos nerfs, réveille nos intestins, nous fournissant ainsi une raison de sortir de notre lit le matin.

Il est suivi par un petit déjeuner : idlis, upmas et, une fois par semaine, porridge. Des aliments pour bébés et personnes âgées, faciles à avaler.

« Tout le monde n'a pas la chance d'avoir des dents aussi solides que les vôtres, Norah. » Nouveau sermon de sœur Katherine à Norah, l'empêcheuse de tourner en rond.

Elle nous traite comme des enfants. Sous sa houlette, nous passons d'un repas à l'autre, de l'aube au crépuscule, du jour au lendemain.

Assise dans le fauteuil en rotin blanc, l'œil rivé à la pendule, j'observe l'aiguille des minutes parcourir le visage du temps. Je n'ai rien d'autre à faire et je me demande comment j'en suis arrivée là.

Quand maman est morte, ma vie s'est écroulée. « Désolée, sœurette, pas de place pour toi », m'ont dit Lennie, qui habitait Kolar, et Maxie, qui était à Cochin. Quand maman est morte, sa retraite n'a plus été versée. Il fallait payer le loyer et les factures qui s'entassaient dans la boîte aux lettres – électricité, épicerie. Je me suis effondrée.

Lorsque j'ai été rétablie, le prêtre de la paroisse est venu me rendre visite. Il m'a suggéré de m'installer ici. Sans pour autant insinuer que c'était la seule solution. Personne, du reste, ne m'obligeait à venir. Cette décision a été la mienne.

J'ai vendu les meubles de maman. Il n'en restait presque plus. Mes frères les avaient emportés pendant ma convalescence. J'ai fait don des livres à l'association catholique et rempli une valise de quelques affaires.

Des objets que j'ai depuis toujours et dont j'ai besoin de m'entourer, où que je sois : un service à petit déjeuner baptisé « Couronnement d'Edouard VIII » (pauvre Teddy, le couronnement qui n'eut jamais lieu…), une cuillère en argent, un chat en porcelaine, l'album de famille, la bible de maman reliée en cuir véritable et, bien sûr, toute ma garde-robe.

Cela n'a pas été facile de refermer la porte derrière moi, de tourner la clé dans la serrure et de partir. Mais avais-je le choix ?

Il y a un mois, j'étais encore Norah Webber.

Maintenant je suis la pensionnaire n° 62. Condamnée à terminer ma vie au milieu de vieillards séniles et indigents. Je ne suis pas comme eux. Eux, on les a envoyés ici. Moi, je suis venue de mon plein gré.

Sœur Katherine ne voit pas la différence. A ses yeux, nous sommes tous pareils.

La sonnerie retentit. C'est une énorme cloche en bronze dont le carillon résonne aux quatre coins du bâtiment.

Sebastian, le sonneur, a soixante-dix ans. Autrefois, il était veilleur. Maintenant, il sonne pour annoncer les visiteurs, les étrangers, tout individu qui franchit le portail.

Parfois, il les retient, se mêle de choses qui ne le regardent pas. Il leur fait perdre du temps avec des plaisanteries, des questions, des recommandations, des sottises. En fait, Sébastian se sent seul.

Les notes de la cloche résonnent à mes oreilles. Ding, dong, comme l'horloge dans le salon de maman…

Oh ! mais que se passe-t-il ?

Des ampoules éclatent, des lumières fusent, et à travers le brouillard de cette confusion, j'entends sœur Katherine qui dit : « Allons, allons, ne vous mettez pas dans cet état. Il n'a fait que vous prendre en photo. »

J'entends les battements de mon cœur tandis que les pas s'éloignent. Je serre mes mains sur mon ventre pour les empêcher de trembler et me mets à me balancer dans mon fauteuil en rotin. Ses craquements rythmiques m'apaisent. Ça marche à chaque fois. Je pense à des choses agréables, à mon service à petit déjeuner par exemple.

Cela fait si longtemps que j'ai ce service décoré du portrait d'Edouard VIII et voilà que maintenant, ils ne veulent pas me laisser l'utiliser. C'était pareil avec maman : « N'y touche pas, Norah, disait-elle. Il est beaucoup trop précieux. Range-le dans sa vitrine. » Elle ne voulait même pas que je le prenne dans mes mains.

Je l'imagine, sur un plateau orné d'un napperon, avec une assiette de tartines beurrées, un œuf à la coque dans son coquetier, le bol rempli de céréales et, bien sûr, la tasse de thé Lipton bien fort.

Mais sœur Katherine refuse. « Non, Norah, pas question d'avoir des tartines et des œufs au petit déjeuner. Ça fait beaucoup trop de saletés.

« Non, Norah, vous devez utiliser les mêmes assiettes que tout le monde. On ne peut pas confier aux femmes de service votre porcelaine. Visiblement, elle est précieuse. Donnez-la, faites-en ce que vous voulez. Mais ne la laissez pas traîner. »

Je me lève et me dirige vers le dortoir. Mon lit est près de la fenêtre. Celle-ci dispose d'un large rebord, sur laquelle je pose le service.

Devi vient se placer près de moi. Elle attrape le coquetier et l'approche de son œil.

On m'a expliqué que Devi était atteinte de démence. Son horloge s'est arrêtée à douze. Elle a douze ans d'âge mental et elle attend que son père et ses frères rentrent à la maison pour se servir à manger. Elle a tout le temps faim.

Elle a des éclairs de lucidité qui, hélas, ne durent pas longtemps.

Au début, la famille chez laquelle elle travaillait comme domestique avait trouvé cela étrange mais amusant. Devi était à leur service depuis quarante ans. Puis le spectacle d'une femme de soixante-dix ans se comportant comme une gamine a fini par devenir embarrassant et ils lui ont trouvé une place ici.

Devi emporte la tasse. Je ne sais pas pourquoi mais je ne dis rien. Soudain, plus rien ne me semble avoir de valeur…

J'entends un bruit de porcelaine brisée. Le roi Edouard qui ne fut jamais roi est parti en mille morceaux. Un petit rire me secoue.

« Regardez ce que vous avez fait, fulmine sœur Katherine. Je vous avais bien dit de ne pas le laisser traîner. Je ne peux pas tout le temps être derrière tout le monde. »

Je lève les yeux. Des larmes coulent le long de mes joues. Elle croit que je pleure. Je soutiens que non.

« Ça m'est complètement égal. Vous aviez raison, comme toujours. Comme maman. Je ne le laisserai plus jamais traîner. »

Et, une par une, je prends les pièces du service et les laisse délicatement tomber par terre.

Tiens, voilà pour toi, maman, qui jamais ne m'a laissée utiliser ton précieux service.

Tiens, encore pour toi, maman chérie, pour me l'avoir fait épousseter chaque jour pour ensuite me dire : « Ce sera pour Lennie, ma chérie. C'est mon fils aîné, ce sera lui mon héritier. »

Celle-là, c'est pour toi, Lennie, mon grand frère, pour avoir pensé que tu en hériterais pour la simple raison que tu étais l'aîné. Tu n'as pas deviné que je l'avais caché juste après la mort de maman. Tu ne savais pas où il était passé, hein ? J'ai bien vu ta femme qui le cherchait avec son air sournois.

Bing, crac. Bing. La porcelaine se fracasse au sol.

Sœur Katherine reste bouche bée, maman aussi. Pourtant, maman est morte. Alors, pourquoi se tient-elle à côté de sœur Katherine ?

Je crois que je suis en train de devenir folle.

Je la laisse m'aider à m'appuyer contre l'oreiller et me passer la main dans les cheveux. Mes paupières sont lourdes. Mon esprit ne réagit pas.

« Chut, chut ! » chantonne-t-elle.

Alors que je glisse dans le sommeil, je me dis qu'il y a de la douceur dans ce visage anguleux.

Du temps s'est écoulé depuis ce jour-là. Un mois, deux ? Je ne m'en souviens pas. Je ne me souviens même plus de ce que j'ai mangé il y a deux jours.

La cloche sonne. Sebastian est mort il y a quelque temps. Un soir, il s'est endormi et ne s'est pas réveillé. Le nouveau carillonneur s'appelle Naidu. Contrairement à Sebastian, c'est un homme taciturne qui déteste les enfants, les chiens, les étrangers, bref, la terre entière.

Autrefois, il avait un bon poste. Quand il a pris sa retraite, il a dépensé toutes ses économies pour faire construire une maison. Comme il était veuf, il a proposé à sa fille et son gendre de venir habiter avec lui, et a légué la maison à son petit-fils.

Il ne leur servait plus à rien et ils ne se sont pas privés de lui faire sentir qu'il était de trop, jusqu'à ce qu'il leur demande ou plutôt les supplie de l'envoyer quelque part, n'importe où.

Du coup, Naidu s'en prenait aux autres. Ici, il se disputait avec tout le monde. C'est avec soulagement que les sœurs, excédées de devoir sans cesse le calmer, lui ont attribué la place de Sebastian quand elle s'est trouvée vacante. Installé dans sa petite cabine, jetant sur le monde un regard noir, il trouve un dérivatif à sa colère en agitant la cloche à chaque fois que quelqu'un franchit le portail.

Nous avons un perroquet en cage, une femelle, Polly. Elle parle, mais comme la plupart d'entre nous ici, elle parle toute seule.

Au bout du compte, peu importe si personne n'est là pour écouter ce qu'on a à dire. Parler, énoncer ses malheurs, formuler ses doléances, cela suffit…

Quelqu'un me tape sur l'épaule, me faisant sursauter. C'est sœur Katherine, accompagnée d'un inconnu qui me sourit. « Félicitations, Norah ! » me dit-elle.

Devant mon air surpris, elle ajoute : « Vous ne vous souvenez pas de lui ? Il est venu vous prendre en photo. Eh bien, cette photo a remporté un prix national de vingt mille roupies dont il nous fait don. »

Je souris au photographe. Il est laid, petit, trapu, le teint cireux et les yeux globuleux. Mais quand il sourit à son tour, c'est de tout son être. Il me semble sympathique.

Sœur Katherine me tapote dans le dos avant de s'éloigner. Il ne la suit pas et reste auprès de moi.

« Que puis-je faire pour vous ? » me demande-t-il d'une voix douce. Je lève les yeux vers lui. Que peut-il faire pour moi ?

« Oh ! je ne manque de rien ici. Merci.

— Il y a bien quelque chose que je peux faire, insiste-t-il.

— Est-ce que vous… vous pourriez venir me tenir compagnie de temps en temps ? » dis-je sans même réfléchir.

Il me prend la main. J'aime bien la sensation de ma paume dans la sienne. Ses doigts courts dégagent une agréable chaleur. Soudain, la peau de ma main n'est plus flétrie, desséchée et parcheminée mais redevient aussi délicate, douce et lisse que celle d'une jeune fille. J'aimerais que cet instant dure toujours.

Sœur Katherine nous rejoint sur la véranda où je suis assise en compagnie du jeune homme. « Voudriez-vous vous joindre à nous pour déjeuner ? » lui demande-t-elle.

Il accepte.

Nous nous rendons au réfectoire, pourvu de rangées de tables et de chaises. La plupart d'entre nous ici sont encore capables de se nourrir seuls. Pour une fois, le repas ne sent pas le vomi.

Je devine le regard du jeune homme qui scrute et observe. J'essaie de nous voir à travers ses yeux.

Le spectacle qui s'offre à moi est celui de vieillards engloutissant leur nourriture, bavant, crachotant, postillonnant. De mains tremblantes et de bouches édentées. De regards remplis d'avidité.

Incapable de le supporter, je me lève. « Il faut que j'y aille. Je ne me sens pas très bien. Pardon, pardon ! » dis-je en poussant ma chaise.

Sœur Katherine me suit du regard mais je continue mon chemin.

Plusieurs semaines d'affilée, le jeune homme m'a rendu visite le samedi après-midi. La première fois, il m'a apporté une boîte de biscuits fourrés à la crème d'ananas.

Sœur Katherine n'aime pas que les visiteurs apportent de la nourriture. Elle le lui a fait certainement remarquer car cela ne s'est plus reproduit.

En revanche, il m'a offert d'autres cadeaux. Une paire de pantoufles. Un savon à la lavande. Des magazines et même un châle en cachemire.

Je ne me souviens pas de nos conversations. Pendant une heure, chaque semaine, il s'asseyait à mes côtés. Il parlait, plaisantait, écoutait, me faisait part de ses joies et ses peines. Me donnait l'impression que j'étais le centre du monde. Le reste de la semaine, le souvenir de cette heure passée ensemble rendait ma solitude plus supportable.

Je me remémorais nos échanges. Je préparais des sujets de conversation, anticipant avec une nervosité et une impatience croissantes le moment où il arriverait.

Il y a quelques heures, j'étais assise sur mon lit, en train de réfléchir à ce que j'allais pouvoir lui dire d'intelligent quand Narsamma est entrée. Elle serrait un bonbon dans sa main sale.

Elle est un peu sénile, m'appelle mam'zelle et me suit partout. Elle m'a collé la friandise dans la main en disant : « Tenez, je l'ai gardé exprès pour vous. » Elle a insisté jusqu'à ce que je cède.

J'ai mis le bonbon dans ma bouche en essayant d'éviter le contact avec ma langue et mes joues. J'ai eu un haut-le-cœur et cru vomir.

« Mam'zelle, votre photo est sur le tableau d'affichage », a continué Narsamma.

De surprise, j'en ai avalé le bonbon. Puis j'ai franchi la véranda, traversé la cour, contourné la chapelle et le parterre de fleurs avant d'arriver devant le panneau d'affichage.

C'était un article découpé dans un magazine, avec une photo de femme.

Cheveux en désordre. Rides. Peau flétrie et marbrée. Regard vide. Mains tordant un mouchoir. Rien ne lui avait échappé. Pas même les taches de vieillesse.

C'était le portrait d'une vieille femme. Une vieille femme sans ressources qui n'a nulle part où aller et plus rien à faire.

Une vieille femme dans son fauteuil, enveloppée de solitude, parlant toute seule… J'ai fait demi-tour et je me suis effondrée dans mon fauteuil en rotin. J'avais les jambes tremblantes. Je me suis mise à me balancer.

J'observais les allées et venues des corbeaux. Ils n'avaient pas peur de nous, eux non plus. Que pouvions-nous faire contre eux sinon battre des bras dans tous les sens ? Même les corbeaux savaient notre impuissance.

Je me sentais trahie, laide. Je me sentais vieille et seule, et je savais que je n'y pouvais rien. Sinon effacer ces images de mon esprit.

Sœur Katherine est venue nourrir Polly. « Sœur Katherine, lui ai-je dit, je ne veux plus que ce jeune homme vienne me rendre visite. »

Elle a haussé les sourcils : « Mais pourquoi ? C'était votre seul visiteur.

— Il est trop curieux. Il me fatigue avec son bavardage. Il me pose des questions sur maman, sur mes frères. Une fois qu'il est parti, ils reviennent tous me hanter. Ça me donne mal à la tête et des palpitations… » J'ai commencé à pleurer.

Sœur Katherine m'a tapoté doucement le dos pour me réconforter mais je n'arrivais pas à empêcher les larmes de couler…

Je suis allongée sur mon lit, le regard au plafond. Le soleil passe à travers les barreaux de la fenêtre et vient moucheter le sol. Les trois autres occupants de la chambre sont endormis.

C'est samedi. Après-midi.

La sonnette retentit.

Je ferme les yeux. Une éternité plus tard, j'entends des bruits de pas le long du couloir, qui s'arrêtent près de ma fenêtre.

Si je tendais le bras, je pourrais le toucher. Je sens son eau de Cologne. Je l'entends respirer. Je sens les battements de son cœur. Je devine la pitié qu'il éprouve pour moi.

Il me regarde pendant un moment. Combien de temps, je ne sais pas. Avant de repartir.

Quand les pas s'éloignent, j'ouvre les yeux.

Puis je les referme et essaie de dormir. Après tout, je n'ai rien d'autre à faire.

LA REINE DE LA NUIT

Six heures du soir. Ce moment où chacun sent le poids de la lassitude. Une grisaille intense éveille en chaque homme le sentiment que sa vie lui échappe et qu'il n'a aucun moyen de contrôler ce qui lui arrive – ses artères qui se bouchent, sa vision qui s'embrume, ses articulations qui se raidissent, son tour de taille qui s'épaissit, le spectre de la mort qui menace.

Les phares des automobiles s'éclairent et les lignes angulaires du paysage urbain s'estompent dans le crépuscule.

Les visages revêtent un air de mystère. Les lumières aux fenêtres laissent voir un bonheur de carte postale. Pause. Maintenant, portez votre regard vers le ciel. Ne soyez pas si étonné de voir sur les nuages des traînées semblables à des meurtrissures. Stigmates d'une journée à laquelle ils ont survécu. Traces violacées qui suggèrent que cette heure de la journée n'est pas aussi magique qu'il y paraît.

Tous les soirs, à l'approche du crépuscule, je rentre chez moi au volant de ma voiture, lessivé. Un sentiment d'insatisfaction me tenaille. Je n'aime pas celui que je suis devenu. Parfois, je souhaiterais changer de file, brûler tous les feux, prendre l'autoroute et rouler jusqu'à ce qu'apparaisse une réponse, jusqu'à ce que je comprenne enfin ce que je fais sur cette terre.

Tous les soirs, lorsque tombe le crépuscule, je me retrouve sur le canapé, un verre de whisky à la main. Il y a cinq ans, lorsqu'un agent immobilier m'a montré cette maison, j'ai cru avoir enfin trouvé un sens à ma vie. Sept cent cinquante mille dollars et elle est à vous, m'a-t-il dit. Je ne disposais pas d'une telle somme mais j'étais solvable et, surtout, la maison m'a plu immédiatement. Quand je dis plaire, c'est un euphémisme. Il s'agissait plutôt d'un coup de foudre, d'un besoin de posséder, de laisser mon empreinte sur chaque centimètre carré de cette maison. Comme tout homme animé par la passion, j'ai laissé cette maison exercer son empire sur moi.

C'était une maîtresse capricieuse et terriblement exigeante mais qui savait apprécier quand je me donnais tout entier à elle. Quand j'ai gratté la vilaine peinture verte des boiseries, j'ai découvert du chêne véritable. Un voile de saleté et de négligence cachait des vitraux Tiffany. Dans la cuisine, une porte recouverte de peinture a révélé un monte-plats hors d'usage. Quant aux spacieuses baignoires en porcelaine, elles avaient des pieds en pattes de lion en fonte, badigeonnés de peinture verte.

De toute évidence, les précédents propriétaires avaient cherché à dissimuler tout ce qui, dans la maison, était noble et raffiné sous une couche de vert standard. Moi, j'avais un objectif, j'étais habité par une vision, un rêve. Grâce à cela, je tenais le coup sans me poser de questions sur le sens des jours qui s'écoulaient. Hélas ! toute passion s'érode avec le temps. Je n'eus bientôt plus grand-chose à faire. Et même s'il me restait quelques finitions, je n'étais plus obsédé par le désir de restaurer et d'embellir. J'avais l'impression d'avoir fait le tour des possibilités qu'offrait cette maison.

Tous les soirs, je m'assieds sur le canapé, devant la télé, et je zappe sans but. Parfois un mot, une image ou un titre retient mon attention et je m'y arrête. Mais la plupart du temps, je fais défiler toutes les chaînes avant de trouver un programme que ma femme et moi pouvons regarder sans trop mettre nos neurones à l'épreuve. Elle s'assied sur un fauteuil recouvert de tissu Fortuny assorti au canapé. Le foyer de la cheminée, que nous n'utilisons plus, est rempli de chrysanthèmes flamboyants. La collection de figurines d'ivoire de ma femme en décore le manteau. Les chiennes sont allongées à nos pieds. Mon épouse parle. Elle parle de ce qu'elle a prévu pour le repas du soir (nous sommes mardi, donc ce sera du poulet rôti avec des brocolis au fromage et du riz blanc pour moi), mais aussi pour nos vacances à Venise dans trois semaines, pour notre traditionnel barbecue du week-end du Memorial Day… Elle a planifié le restant de nos vies.

Je contemple cette femme avec qui je suis marié depuis quinze ans et je m'aperçois que nous n'avons rien en commun. Plus rien en elle ne m'émeut. J'ai l'impression de recevoir un coup de poing en plein ventre. Je suffoque. Je me lève et vais poser mon whisky sur un dessous-de-verre. Je suis une créature d'habitudes. Je fais les choses dans les règles. Mais on dirait qu'en cours de route j'ai perdu la capacité à ressentir des émotions, à faire preuve de spontanéité, de chaleur, d'humanité. En ce moment même, je me fais l'effet d'un automate qui fait semblant de vivre.

Je prends mon verre et le pose sur la surface étincelante du vaisselier. Au bout de quelques instants, je le soulève à nouveau, constatant avec un plaisir pervers qu'il a laissé une auréole. Ma femme fronce les sourcils. « Je vais sortir les chiennes », lui dis-je tandis qu'elle continue de froncer les sourcils. Je descends l'escalier d'un pas lent, suivi par les chiennes. Leurs griffes crissent sur les marches en bois. Arrivé dans le vestibule, je jette un œil vers le haut de la cage d'escalier et dis aux chiennes avec une caresse: « Restez là, mes filles. » Je referme doucement la porte derrière moi, sors dans la rue et me fonds dans le crépuscule.

Tel un prédateur assoupi, le parc est tapi au centre de la ville. Dans la lumière voilée, les cimes des arbres se balancent d'un mouvement menaçant, tentacules d'une bête gigantesque qui sonderait le ciel à la recherche d'une proie. Une nuée d'oiseaux prend la fuite vers l'horizon en poussant des cris. Un oiseau isolé est happé puis gobé par la bouche affamée du parc. Je m'assieds sous un arbre en essayant de calmer mon cœur qui bat à tout rompre. Tu es à New York, tu te souviens ? As-tu oublié l'histoire de cette joggeuse violée en plein jour ? Derrière chaque buisson, chaque tas de pierres, rôde une créature violente. Psychopathe ou meurtrier. Agresseur ou junkie. Si j'en sors sain et sauf, me dis-je, je peux survivre à tout.

Je m'allonge sur le banc, les mains derrière la tête. C'est le début de l'été et il ne fait pas encore trop lourd. A travers le dais formé par les branches, j'aperçois le ciel. Un mince rai de lumière se faufile dans l'épaisseur immobile des nuages du soir. Peu à peu, le parc se vide. On ramasse balles et enfants. On siffle les chiens. Les amants se séparent. Les nounous ramènent à la maison poussettes et paquets. Je me demande si ma femme a déjà appelé la police.

Je flotte dans une bulle de sérénité que rien ne peut atteindre si ce n'est les piaillements stridents des oiseaux qui s'installent pour la nuit. Un vide étrange m'étreint. Comme si quelque chose n'était pas à sa place. Au moment où j'en comprends la cause, je suis saisi du mal du pays. Car je ne suis pas vraiment chez moi dans cette maison de l'Upper West Side. Mon chez-moi, il est à des milliers de kilomètres d'ici. Sur la Côte de Jade, comme l'avait appelée un poète tombé sous le charme. Je ferme les yeux et m'embarque pour un voyage cosmique. Je me retrouve dans la maison de mon enfance. Ma mère est là. Ma mère qui est morte depuis longtemps. Nous sommes assis dans la cour, comme tous les soirs, et elle fredonne de sa voix douce un chant sur Krishna. La nuit tombe brusquement, comme toujours au Kerala. Ma bulle se dilate pour englober la musique de cigales imaginaires. Soudain, dans chaque buisson et dans chaque rocher, j'ai un compagnon.

J'ouvre les yeux pour découvrir qu'une femme s'est assise à l'autre bout du banc. Elle se brosse les cheveux en fredonnant tout bas. Mes bras sont engourdis et j'ai mal au dos. Je me redresse et lui demande d'un ton acariâtre : « Qui êtes-vous ? »

Elle me regarde. « Qui veux-tu que je sois ? Une sorcière ? La princesse des fleurs ? Zelda ? La reine de la nuit ? Ça se voit bien pourtant, ducon ! »

Elle tourne la tête et sort un poudrier de son sac en simili cuir. Un vrai vanity-case, ce sac, car elle en extrait aussi un rouge à lèvres. Elle ouvre le poudrier et, avec dextérité, peint ses lèvres d'un mauve argenté. Refermant le poudrier d'un coup sec, elle le remet dans le sac avec le rouge à lèvres. Elle inspecte ses mains sous toutes les coutures. Du sac sort ensuite une lime avec laquelle elle s'égalise rapidement les ongles. Elle a de jolies mains. Longues et fines. A la lumière du soleil couchant, sa peau a pris une teinte nacrée. Elle se lève et tire sur sa minijupe violette avant de s'éloigner.

« Attends ! » dis-je doucement. Elle s'arrête et se tourne vers moi. Son visage est baigné d'ombre. Un parfum de jasmin me monte aux narines à la vitesse d'une ligne de coke. Soudain, une bouffée de nostalgie pour la maison que j'ai laissée, avec ses buissons de jasmin qui embaument l'air nocturne, me submerge. « Tu le fais exprès ?

— Quoi donc ? demande-t-elle.

— De porter du jasmin.

— D'où tu sors, trésor ? C'est pas du jasmin. C'est du parfum. Magie Noire, tu connais ? répond-elle en riant.

— Qu'est-ce que tu crois ? Evidemment que je connais. C'est exprès que tu te parfumes avec ça ? Magie de la nuit et compagnie ? » Je suis pris d'un accès d'humeur malveillante et peu m'importe qui en est la victime.

Elle me regarde longuement. Je la devine en train de chasser l'envie de me balancer son sac à main en pleine figure avant de partir en courant. Elle esquisse un sourire forcé. « Ben dis donc, tu en as des questions ! Mais faut que j'y aille. C'est pas le tout mais j'ai du travail. Faut bien gagner sa croûte ! Et toi, tu devrais pas rentrer chez toi à l'heure qu'il est ? »

Je demande : « C'est combien ? » Un frisson d'excitation me parcourt. Voilà si longtemps que je n'ai pas suivi une impulsion que j'en ai le cœur qui palpite. Vivons dans l'instant et au diable les conséquences.

Son regard trahit sa surprise. « Ça dépend de ce que tu veux, répond-elle sans émotion. Je suis pas la première pute venue. Mes tarifs sont pas donnés.

— Tu n'as pas l'air d'une poule des quartiers chic non plus. » Mon ton est méprisant.

« Dis donc, je suis pas venue te chercher. Alors, parle-moi sur un autre ton ! Si tu veux que je reste, tu ferais mieux de me dire combien tu as sur toi. »

Ça fait vingt ans que j'habite Manhattan. Je suis vice-président d'une agence de publicité.

Je suis une référence aux yeux de mes collègues. Je suis cité dans tous les magazines d'affaires. Je parle l'anglais presque sans accent et cette putain de bas étage veut savoir si j'ai les moyens de payer ! Salope. Sale pute. Tout ça à cause de la couleur de ma peau. Chez moi, une créature comme toi n'oserait même pas croiser mon chemin… Soudain, je réalise où mes pensées me conduisent. Mon pays, c'est ici maintenant. J'ai adopté son mode de vie. Alors, si une prostituée veut savoir si je peux payer, il ne me reste qu'à le lui dire.

« Bon, décide-toi vite, je m'en vais. » Sa voix interrompt le cours de mes pensées.

« Je veux que tu restes avec moi toute la nuit », je lui réponds en marmonnant. J'ai l'impression que quelqu'un d'autre parle à ma place. Qui est cet homme qui a pris les commandes ?

Je me vois ouvrir mon porte-monnaie et en retirer tous les billets. « C'est tout ce que j'ai, lui dis-je en tendant six billets de cinquante et quatre de dix. J'espère que ça fera l'affaire.

— Ça devrait aller, répond-elle, un peu à contrecœur. Attends ici. Je reviens », ajoute-t-elle avant de disparaître dans la nuit.

Peut-être ne reviendra-t-elle pas. Peut-être pressent-elle que je ne me lancerai pas à sa poursuite. Je m'assieds sur le banc et inhale l'effluve de jasmin qu'elle a laissé dans son sillage.

Quelques minutes plus tard, je devine qu'elle vient se rasseoir à côté de moi. Je m'exclame : « Tu es de retour ? » sans trop savoir si c'est une bonne ou une mauvaise nouvelle.

« Tu es quoi ? Flic ? demande-t-elle.

— Bien sûr que non, dis-je. Tiens, regarde. »

Je lui tends ma carte de visite.

Elle l'examine avant de me dévisager d'un air pensif. « Tu as l'air réglo. » Elle fait un signe de la main et j'entends des bruissements de brindilles sèches et des pas qui s'éloignent.

« C'était qui ? je demande, surpris. Je croyais qu'on était seuls.

— Mon protecteur, répond-elle d'un ton mystérieux, conférant à cette présence invisible une aura digne d'un croisement entre Batman et Conan le Barbare.

— Tu veux dire ton souteneur ?

— Appelle-le comme tu veux mais en tout cas il prend soin de moi. Et si tu avais été flic, il m'aurait aidée à me tirer.

— Et comment aurait-il fait ? » La curiosité est trop forte et je ne peux m'empêcher de poser la question.

« Tu tiens vraiment à le savoir ?

— Oui, dis-je, insistant.

— En te plantant un couteau ou en te passant à tabac », répond-elle sans la moindre trace de remords dans la voix. Peut-être lit-elle de la peur dans mon regard car elle ajoute : « Mais plus besoin d'avoir peur, trésor. Allez, sortons d'ici. »

Je regimbe. Je ne veux pas quitter le parc, soudain devenu mon refuge. « Pas question. Je veux rester ici. » Ma voix a pris le ton capricieux d'un enfant de trois ans.

« Tu plaisantes, j'espère ?

— Non, je n'ai jamais été aussi sérieux. Je veux rester ici. Dans le parc.

— Bon sang, y a pas de cafards ni de puces chez moi. C'est peut-être pas le Ritz mais c'est propre, propre et sûr, dit-elle en me tirant par la main.

— Même si tu logeais au Ritz, je ne sortirais pas de ce parc. Et je t'ai payée pour rester avec moi. Alors, fais ce que je te dis. » Je me rends compte de la rudesse de mon ton. Est-ce ainsi que je me comporte au bureau ? En sale con prétentieux ?

« D'accord. Mais changeons d'endroit. » Elle me tend la main.

Nous marchons main dans la main. Juste à ce moment-là, la lune sort pour nous guider jusqu'au cœur du parc.

J'arrache une poignée d'herbe. Elle est assise à côté de moi, jambes allongées. La lune éclaire ses doigts de pied. Entre notre rencontre et cet instant, elle a ôté ses bas et le clair de lune baigne ses pieds, leur donnant un aspect lointain et pâle, vulnérable et délicat. Fleurs de la nuit.

« Tes doigts de pied sont des boutons de jasmin », lui dis-je dans un murmure.

Elle sourit. « Te fatigue pas. Je te rappelle que tu as payé pour faire de moi ce qui te plaît. De toute façon, je sais pas à quoi ressemble un bouton de jasmin. Pourquoi cette obsession du jasmin ? C'est la deuxième fois que tu en parles.

— Laisse tomber. » Son cynisme m'agace. J'aimerais qu'elle s'en aille. Je ferme les yeux. Je n'ai pas envie de partager le calme de la nuit, le souffle léger de la brise, les gémissements d'un arbre, à quelques mètres de là. C'est magnifique. Pourquoi n'ai-je pas fait cela plus tôt ?

Je fredonne tout bas – j'aime New York au mois de juin, pas toi ?

Un bruit de tissu qu'on froisse me fait sursauter. J'ouvre les yeux ; elle est à genoux devant moi. D'un air langoureux, sans me quitter des yeux, elle fait glisser ma fermeture Eclair. « Alors, chéri, allons-y. Je te plais pas ? » demande-t-elle en pointant du doigt sa poitrine dénudée, la courbe de son ventre qui rejoint le triangle soyeux du haut de ses cuisses, les rondeurs aguichantes de ses fesses. Je détourne le regard, embarrassé.

« Quel est le problème ? dit-elle d'un ton railleur. T'es pas homo ou impuissant, j'espère ? »

Elle réfléchit un instant. « Ne me dis pas que tu es puceau ! » Elle se met à rire doucement.

Je pose la main sur sa bouche. « Chut, chut ! » dis-je en murmurant tandis que mon doigt court le long de son corps. Sa peau se couvre de frissons au contact de la mienne. Elle retient son souffle, se raidit et ferme les yeux. Alors qu'elle baisse les paupières, j'aperçois dans son regard un fantôme. Un fantôme étrangement familier. Le spectre qui m'a hanté toute la soirée.

Je prends son visage entre mes paumes et lui caresse les joues de la pulpe de mes pouces. « Tu es trop gentil, balbutie-t-elle en baissant la tête. Ça me donne envie de pleurer. »

Quand elle relève la tête, son visage a repris son air dur. Rejetant ses cheveux en arrière, elle me regarde droit dans les yeux : « Tu ne te déshabilles pas ?

— Non.

— A ton aise. Par quoi tu veux que je commence ? »

Je montre du doigt le tas de vêtements : « Remets ça et allonge-toi à côté de moi.

— Et après ? demande-t-elle, méfiante.

— Après, rien. Allonge-toi. Parlons un peu.

— Parler de quoi ?

— Je sais pas, dis-je doucement. J'aimerais bien le savoir. De la vie peut-être. »

La brise soulève ses cheveux et une mèche vient me caresser le visage. Je l'attrape entre mes doigts. « Une chevelure… une chevelure vivante, souple et rayonnante… Des cheveux qui capturent l'énergie du vent et du soleil. Des cheveux lumineux, résistants, qui trouvent leur forme et leur brillance dans la nature.

— Hou là ! ça, c'est de la belle poésie. »

Le visage tourné vers le ciel, je souris. « En fait, dis-je, c'est une publicité pour les shampooings Paul Mitchell. Ce n'est pas de la poésie.

— C'est ça ton boulot ? »

Je suis rempli d'admiration pour elle. Malgré mes railleries, mes sarcasmes devant son ignorance, elle reste imperturbable. Ça, c'est de l'amour-propre. Et je l'envie pour ça.

« Qu'est-ce que tu fais ici ? demande-t-elle avec douceur.

— Je sais pas. Je cherche des réponses, dis-je avec un haussement d'épaules.

— Quel genre de réponses ?

— J'aimerais bien le savoir. Tout ce que je sais, c'est que les jours se suivent et se ressemblent. J'ai l'impression de grimper chaque jour la même montagne en sachant d'avance ce que je vais trouver au sommet. Un plateau qui débouche sur un précipice. Et rien au-delà. C'est tellement absurde. Pourquoi s'obstiner à grimper, pourquoi s'infliger cette angoisse, ces luttes… Tu comprends ce que je veux dire ? » Mes explications s'adressent aussi bien à elle qu'à moi-même.

« Et alors ? » Elle ne se laisse pas démonter, cette femme que j'ai achetée pour la nuit.

« Alors, j'en ai eu assez et j'ai décidé de quitter ma maison, ma femme, tout, dis-je, les dents serrées.

— Tu ne lâches pas facilement, hein ?

— Non. Si c'était le cas, je ne serais pas devenu ce que je suis aujourd'hui. Ça fait dix-neuf ans que je vis cette vie et je suis fatigué. Ma carrière, ma maison, j'en ai tellement marre…

— Ça inclut ta femme ? murmure-t-elle avec ironie.

— D'une certaine manière, oui. Je viens de réaliser que nous n'avions rien à nous dire, si ce n'est des platitudes.

— Pour sûr que je saurais pas quoi te dire si tu utilises tout le temps des grands mots. Tu parles comme ça à ton chien aussi ? »

Je souris. Cette femme a du caractère. « Pas tout le temps. Mais la plupart du temps oui. Mais assez parlé de moi. Parle-moi un peu de toi. » J'ai peur de ce que pourrait être sa prochaine question. Je ne connais pas la réponse moi-même. Je ne sais pas ce que je vais faire ensuite.

Elle est occupée à déchiqueter minutieusement une feuille. La lune est voilée par un nuage passager. Quand elle relève la tête, son profil est d'une grande pureté. Ses lèvres mauve argenté sont pleines et sensuelles. Des prunes gorgées de nectar, un fruit qu'à ma surprise j'aimerais goûter. Elle s'éclaircit la gorge puis s'immobilise. Une sculpture taillée dans l'ombre. Quand elle parle, sa voix revêt la dureté du granit. « Tous les matins, au réveil, je me dis que ma vie va être différente. Je me verse un verre de jus d'orange. Je grignote une tranche de pain grillé, excitée, agitée au possible. C'est presque comme si mon destin cherchait à m'entraîner vers un nouveau chemin.

« Puis arrive un homme qui paie pour me baiser. Et peu à peu, la journée paraît nettement moins merveilleuse. Puis un autre vient et me demande de le sucer. A chaque fois, je me dis que ce sera le dernier. Que le prochain sera mon Prince Charmant. A la fin de la journée, il me reste pas beaucoup d'énergie. Alors je vais me coucher. Le lendemain, je me réveille, je me fais mon cinéma et puis je me fais sauter. »

Je n'aime pas le ton de sa voix, la désinvolture de ses propos. J'ai compris le message, inutile d'en rajouter. « Tu veux que je me sente coupable, c'est ça ? dis-je avec rancœur.

— Coupable de quoi ? s'étonne-t-elle sincèrement.

— De me plaindre de mon existence de privilégié. Alors que tu es prise au piège d'une vie dépourvue d'espoir.

— Ecoute, répond-elle d'un ton dur. Je n'ai pas besoin de ta pitié. Mon intention, c'était pas de te tirer des larmes. Tout le monde a droit à son rêve et je te parlais simplement du mien. Quant à être piégée et désespérée, si ça se trouve, je suis une institutrice ou une vendeuse de chez Macy qui aime bien se faire sauter… Qu'est-ce que tu en sais ?

« Tu sais, rien ne m'oblige à me prostituer. Et puis la liberté, c'est un sentiment très subjectif, ajoute-t-elle après coup, d'un ton détaché.

— Pas mal pour une putain. Tu es une vraie philosophe, dis-moi ! » Je veux voir se fissurer cette façade lisse. Je veux que ça saigne. Comment ose-t-elle me donner l'impression d'être un moins-que-rien ?

Elle ne réplique pas. Elle reste allongée, les mains sous la tête, indifférente aux taches d'herbe sur ses vêtements. Le silence est pesant pour le New-Yorkais que je suis devenu au fil des années. Où sont les voitures de flics qui parcourent les rues, sirènes hurlantes ? Où sont les avions qui sillonnent le ciel en grondant ? J'ai froid et je me sens malheureux.

Elle se tourne sur le côté et me regarde. « Quand on passe tout le temps que je passe allongée sur le dos, les yeux clos, feignant l'extase, l'esprit prend l'habitude de vagabonder.

« Et on n'est pas plus bêtes que – comment tu as dit déjà ? – les philosophes. On vous voit tels que vous êtes vraiment. Avec vos peurs, vos faiblesses. Des hommes aigris. Des hommes brisés. Qui nous quittent apaisés pour un temps au moins. Ils repartent avec le sentiment d'avoir accompli quelque chose, ils sont un peu moins torturés. C'est pas à ça que sert un philosophe ? A aider les gens à se sentir moins perdus, moins angoissés ? » demande-t-elle, très digne.

Je me suis toujours considéré comme un homme plein de compassion et voilà que je me retrouve à essayer de lui faire mal pour me sentir mieux.

« Je suis désolé, dis-je en lui touchant le bras.

— Désolé de quoi ? Tu as le droit de m'insulter. Même de me frapper si tu en as envie, tant que tu ne vises pas le visage. Je t'appartiens pour la nuit, tu as oublié ?

— Arrête ! Tu ne m'appartiens pas. Je ne veux pas te frapper ni te faire du mal.

— Qu'est-ce que tu veux ? » demande-t-elle froidement. Le clair de lune dessine les contours de son visage et de sa silhouette. L'herbe me chatouille le dos. Je veux me relever et la prendre dans mes bras. Une bouffée d'amour pour elle m'envahit.

« Aide-moi à le découvrir. Viens vivre avec moi. » Je la serre dans mes bras en essayant de lui faire ressentir le besoin que j'ai d'elle. « Grâce à toi, je me suis remis en question. Personne n'y était jamais arrivé. Viens avec moi. Laisse-moi être celui vers lequel le destin t'a conduite. »

Elle me repousse en riant. « Tu plaisantes, j'espère ? Tu nous vois ensemble tous les deux ? Bon, alors tu m'installes dans un pavillon avec piscine quelque part dans le New Jersey, et comme ça, tu fais des allées et venues pendant que ta femme ne se doute de rien. Et d'ici trois ans, tu m'auras peut-être appris à jouer au bridge, à organiser des brunchs et des fêtes de charité, à préparer des gâteaux à la banane et à serrer la main à ton PDG. Tout ce que fait déjà ta femme, je parie. Comment savoir si dans cinq ans, tu ne seras pas lassé de moi et tu ne chercheras pas quelqu'un d'autre à sauver ?

Je proteste : « Holà, holà ! Attends un peu. Ce n'est pas de ce bonheur aseptisé que je parle. Je te propose de vivre avec moi…

— Ça veut dire quoi ? interrompt-elle. Des culbutes le week-end et des rencontres le mercredi après-midi ? Non merci, je sais ce que je veux. Je veux quelqu'un pour qui je passe avant tout le reste. Qui trouve en moi ce qu'il a cherché toute sa vie. Je ne veux pas de quelqu'un qui cherche une cause à défendre pour donner un sens à sa vie. Je ne veux pas de quelqu'un qui cherche à prendre sa revanche sur la société en s'occupant d'une pute. Les héros ou les saints, très peu pour moi. Et puis tu aimes un peu trop te regarder le nombril à mon goût. De tout le temps qu'on a passé ensemble, tu ne m'as même pas demandé comment je m'appelais.

— Et comment tu t'appelles ?

— Pourquoi tu veux le savoir ?

— Pour que tu ne sois pas juste un visage quand je penserai à toi la nuit ou dans mes moments de déprime. »

Elle me regarde à travers ses cils baissés, tentant de deviner si je parle sérieusement. « Lisa, murmure-t-elle.

— Lisa, dis-je lentement, tu m'appelleras un de ces jours ? Tu as mon numéro. Il est sur la carte que je t'ai donnée. J'aimerais bien t'inviter à boire un verre, ou à déjeuner peut-être. Enfin, si tu as le temps. »

Elle sourit. « Ça serait bien.

« Allons, reprend-elle après une longue pause. Approche, serre-moi dans tes bras. » Elle m'attire à elle et me berce contre sa poitrine. « Tu sais quoi, la vie n'est pas si moche que tu le crois. On a finalement trouvé quelque chose ce soir. Qui l'aurait cru ? » murmure-t-elle tout près de ma tempe, en passant ses doigts dans mes cheveux, pour que je ferme les yeux.

Le matin, quand je me réveille, je suis seul. Sous la pâle lueur de l'aube, quelque chose lance des reflets. Une pièce de monnaie. Elle m'a laissé de quoi reprendre pied avec la réalité.

J'appelle ma femme. « Viens me chercher », lui dis-je, à la fois contrit et embarrassé. Dans la clarté matinale, je me demande quelle mouche m'a piqué.

En attendant qu'elle arrive, alors que je monte de toutes pièces une histoire pour expliquer mon absence, ma fuite, je découvre dans ma poche la carte que j'avais donnée à Lisa. Les coins en sont un peu écornés, elle est tachée et il s'en dégage un léger parfum. Je la contemple quelques instants avant de la remettre dans ma poche.

LE CHAT KARMIQUE

Le chat, qui était roulé en boule, s'étira et fléchit les pattes. Puis il cligna des yeux.

Des plumes de sommeil s'attachaient encore à lui. Une étrange sensation de fatigue lui parcourait les os comme un frisson et s'y accrochait avec l'insistance d'un crabe. L'espace d'un instant, il posa sur son environnement un regard aveugle. Puis il laissa l'habitude reprendre ses droits.

Quittant son lieu de repos, il avança à pas feutrés jusqu'au plan d'herbe qui bordait la chaussée, veillant néanmoins à ne pas trop s'en approcher. Il savait le sort réservé à ceux de ses congénères qui baissaient la garde aux abords d'une route.

Il avait vu des chats empalés en plein élan, des chats aplatis sur le goudron. Des chats éventrés, des chats écrasés, œil vitreux, membres raides, mine grimaçante. Il en avait vu beaucoup, des chats sans vie.

Il s'assit et se lécha les babines. C'était un chat méticuleux. S'il avait été homme, ses lacets auraient été de longueur égale, ses talons de chèques soigneusement remplis, son visage aspergé et savonné plusieurs fois par jour.

Le chat leva sa patte droite et la lécha jusqu'à ce qu'elle soit bien humide. Puis il la passa sur son museau et sa tête, derrière son oreille, dedans aussi, sur ses yeux et le long de ses bajoues jusqu'au menton.

Insatisfait du résultat, il répéta l'opération avec sa patte gauche. Puis il porta son attention à ses épaules, ses flancs et ses cuisses. S'enroulant sur lui-même, il termina de nettoyer ses parties génitales avant de passer à sa queue, qu'il parcourut avec sa langue depuis la racine jusqu'à son extrémité. Quand il trouvait un épi, il l'arrachait avec les dents, délicatement, en expert.

Ce chat que vous observez n'est pas différent des deux millions et quarante-trois autres chats qui habitent la planète : tous les chats se lavent. Même le tout premier Miacis, créé de main mystérieuse, se lavait, paraît-il, quand il n'était pas occupé à gambader entre les pattes des dinosaures et des mammouths.

Un jour, quand les premières couches de glace vinrent recouvrir la surface de la terre, les Miacis furent ensevelis sous un froid duveteux qui devint bientôt un poing de glace, enserrant dans des profondeurs glaciales l'esprit du Miacis qui entama alors son hibernation. Puis, quand les forces de la nature reprirent le dessus, il s'éveilla, doté de quelques attributs nouveaux. Jusqu'à ce que cet assemblage de moustaches, d'une queue, de pattes, de ronronnements, d'un penchant pour la propreté et d'une âme énigmatique et sauvage fût si parfait qu'il avait même la faculté de voir dans l'obscurité.

Cette créature au pelage fauve, aux yeux de topaze, au jabot de cheveux d'ange et à la langue framboise était digne de figurer dans un conte de fées ou sur un tableau. *Chat allongé sur le dos, jouissant d'un bain de soleil sur un muret tacheté de mousse et de lumière, tandis qu'un gecko stupide claque la langue.*

Mais pas le chat qui nous intéresse ici. Cherchez son regard. Pénétrez ses pensées et peut-être parviendrez-vous à comprendre sa véritable nature. Celle d'un chat qui n'a jamais connu d'entraves à sa liberté ; qui a vagabondé sur les chemins de la vie ; rebelle à toute forme d'affection. Mais alors, pourquoi ces efforts pour attirer l'attention ?

J'en ai assez de cette vie, de cette liberté, comme vous l'appelez. Essayez donc de passer nuit après nuit dans le froid et l'humidité, sans jamais savoir ce qu'il y aura en guise de petit déjeuner. Une sauterelle ou un écureuil ? Essayez de chasser pour vous nourrir, à chaque repas. La poursuite sans fin, la quête incessante…

Je veux la sécurité. Je veux trouver un bol de lait au réveil. Je veux qu'on s'occupe de moi. Je veux savoir ce que ça fait quand quelqu'un racle, nettoie et remplace la litière où l'on fait ses besoins. Je veux que quelqu'un s'inquiète si je reste dehors toute la nuit.

Et puis, si on veut me gratter le menton, ce n'est pas bien grave. Je laisserai faire. Je suis même prêt à feindre un ronronnement de plaisir. Tenez, je vais vous dire ce à quoi je consens. Je suis prêt à renoncer à ce caractère farouche que vous aimez tant célébrer et à devenir un chat domestique.

Le ciel était un dais grisâtre, dont un éclair déchira la trame. Le chat prenait là une décision difficile. Il avait résolu de trahir ses principes. Il ne méprisait pas le monde, pas plus qu'il ne l'aimait. Il en avait pitié et savait que la voie qu'il choisissait le protégerait du malheur. Il était prêt à se laisser guider par les forces de son karma. Ses années de pratique de la concentration ne le trahiraient pas, il le savait, quoi que l'avenir puisse lui réserver. Il était calme. Les vibrations des véhicules qui passaient rythmaient le cours du temps. Il savait que le jour était venu et attendit.

Elle voulait prendre sa main dans la sienne. Elle voulait qu'il passe son bras autour de ses épaules et lui communique sa chaleur. Elle voulait qu'il fasse les millions de choses que se font deux êtres soi-disant amoureux l'un de l'autre.

Mais non. Il regardait devant lui, main passant automatiquement du volant à la boîte de vitesses. Deuxième, troisième, quatrième. Les minutes s'écoulaient au rythme de ses embrayages et les essuie-glaces balayaient sans répit les larmes qui glissaient sur les joues vitrées de la voiture. Il faisait gris et lourd. Elle se mordit la lèvre. Ses dents s'enfoncèrent dans la chair tendre et percèrent son cœur transi de minuscules étincelles de douleur.

Il voyait à peine leur fils : une heure par jour, dans le meilleur des cas. Elle essayait de compenser son absence. Elle jouait avec lui, le nourrissait, lui donnait le bain et le serrait contre sa poitrine s'il faisait un cauchemar, l'embrassant doucement sur le front et passant ses doigts dans ses cheveux humides.

« Tu le dorlotes trop, protesta-t-il une nuit où il s'était réveillé au moment où elle revenait de la chambre du petit.

— Il faut bien que quelqu'un s'en charge », répondit-elle, cassante. C'était une des semaines où il était rentré tous les soirs à minuit.

Elle l'avait attendu toute la soirée, vérifiant la pendule du regard toutes les minutes.

Elle sursautait à chaque bruit de pas dehors, pensait que c'était lui quand elle entendait se refermer la porte de l'ascenseur, maudissant sa vulnérabilité, se haïssant d'être encore aussi amoureuse de lui.

« Je l'ai inscrit à l'internat », annonça-t-il une nuit. Elle était allongée sur le lit et lui tournait le dos.

« Il partira bientôt », ajouta-t-il.

Les gouttes de pluie continuaient à inonder le pare-brise. Elle n'arrivait pas à oublier son enfant. Il semblait si perdu, si abandonné, leur faisant signe tandis qu'ils s'éloignaient.

« Arrête-toi ! » hurla-t-elle soudain.

Il freina brutalement. Furieux, il se tourna vers elle mais avant qu'il ait pu ouvrir la bouche, elle s'était jetée hors de la voiture.

Quand elle revint, visage, cheveux et vêtements trempés, elle tenait un chat dans ses bras.

Elle ouvrit la porte arrière et s'assit. Sans lâcher le chat, elle prit son sac et en sortit une serviette. Avec rapidité et délicatesse, elle sécha le chat. Puis elle ôta son tee-shirt. Elle sentit une paire d'yeux posés sur elle. Désarçonnée, elle enfila rapidement un corsage.

« Peux-tu m'expliquer ce qui se passe ? demanda-t-il.

— J'ai vu ce chat, répondit-elle, tout en passant la brosse dans ses cheveux pour en faire tomber les gouttes de pluie. Il paraissait si perdu, abandonné. Comme s'il attendait quelqu'un. Je pense que c'est moi qu'il attendait. »

Le chat se laissa attraper. Quelle sensation étrange que de se retrouver dans les bras de quelqu'un ! Comme la première fois où il était grimpé à un arbre. Il s'était arrêté au creux d'une branche et avait regardé vers le bas. Il n'avait pas réalisé qu'il était monté si haut. Sentant la peur l'envahir, il avait laissé son instinct le guider.

Il sentit la douce chaleur de son contact – une paire de mains et une poitrine. Se recroquevillant sur lui-même, il regarda autour de lui en plissant les paupières, à l'affût d'une issue pour s'échapper.

Il se laissa tomber dans l'espace et un courant d'air tiède lui souffla dans les oreilles. Il tomba sur quelque chose de si moelleux, de si chaud qu'il crut avoir atteint le nirvana félin. C'était sa première expérience du confort, d'un coussin.

Un raisin dans une brioche, une perle dans une huître, une aiguille dans la chair, un cil au coin d'une paupière, une mouche sur les fesses d'un nourrisson… Le chat se prélassa, laissant la douceur l'envelopper. Et il se prit d'une intense affection pour ce carré de tissu qui l'avait accueilli et bercé en son sein duveteux. C'était un sentiment si fort que le chat savait qu'il tuerait pour le préserver.

On aurait dit que le chat devinait le fossé qui les séparait, elle et lui. On aurait dit qu'il voulait combler ce vide. Parfois, le chat s'asseyait sur ses genoux et tournait le visage vers elle. Il la regardait dans les yeux. Regard de perles de topaze qui rayonnaient de l'amour qu'il lui portait.

C'était un chat qui ne ressemblait à aucun autre. Il ne venait pas se glisser entre ses jambes ou se frotter à ses mollets. Il n'arquait pas son cou de plaisir quand elle lui grattait le dos. Il ne se lovait pas à ses pieds. Pourtant, il aimait être aussi près d'elle que possible. Elle sentait son regard la suivre toute la journée, s'abreuvant de sa silhouette. La force de ce regard scrutateur durcissait le bout de ses seins comme des raisins secs, hérissait ses poils pubiens, éveillait en elle un désir vague. Parfois, sous les yeux du chat, elle laissait ses doigts cueillir le fruit, puis, comme attirés par un marécage, se diriger vers la forêt. Ses doigts imprégnés de son parfum musqué ondulaient sur son abdomen strié de vergetures. Imitant les gestes d'un amant encore captivé par la nouveauté de la passion qu'elle avait éveillée en lui.

D'un bond, le chat, quittant le tas de vêtements sur lequel il s'était couché, venait sur elle et la regardait au fond des yeux. Pas de condamnation dans ce regard, mais de l'approbation et un amour inconditionnel.

Le chat lui-même n'arrivait pas à comprendre ce qui s'était passé. Au début, elle se contentait d'être là. Le plus moelleux des coussins, celle qui lui apportait sa gamelle, l'ordonnatrice du désordre qu'il créait.

Quand les choses avaient-elles changé ?

Etait-ce le jour où ses larmes avaient mouillé sa fourrure, ou bien celui où elle s'était mise à lui parler, à lui dire tout ce qu'elle ne confiait à personne d'autre ? Etait-ce quand elle avait perdu ses inhibitions et lui avait permis d'être témoin des moments où elle se donnait du plaisir ? Ou peut-être était-ce le jour où il remarqua qu'elle avait cessé d'attendre que son mari revienne à la maison ? Il guettait un signe qui lui montrerait si le profond attachement qu'il ressentait pour elle était réciproque.

Il cherchait sa compagnie avec une possessivité sans partage, avec l'ardeur de celui qui a trouvé un sens à sa vie et craint de cligner des yeux de peur qu'il ne s'évanouisse.

De son côté, lui remarquait, observait, surveillait. Il se mordillait les lèvres. Il plissait les yeux. Il faisait craquer ses doigts. Il sentait son cœur glacé dans sa poitrine. Quel homme resterait insensible en découvrant que sa femme était heureuse et qu'il n'était pas à l'origine de la légèreté de son pas ou de la gaieté de sa voix ?

Des caprices, des bouderies, des crises de larmes, une adoration sans bornes, voilà ce à quoi il était habitué. Voilà l'aune à laquelle il mesurait l'emprise qu'il avait sur elle. Il ne reconnaissait pas cette femme qui semblait épanouie, émotionnellement comblée, aux sens assouvis. Une femme qui ne lui demandait rien.

Allongé dans le lit, il écoutait sa respiration régulière. Le chat était blotti contre elle, intrus dans leur lit, dans leurs vies.

Quel sort ce chat leur avait-il jeté ? Quand il entrait dans une pièce où ils se trouvaient tous les deux, le chat le regardait fixement. Il avait l'impression d'avoir fait intrusion dans leur intimité. Le chat avait l'art de lui donner le sentiment d'être un étranger sous son propre toit. C'était eux deux contre lui.

Le chat avait-il fait bouillir dans un chaudron un mélange de bave de crapaud et d'œufs de hibou, de dents de renard et de salive de hyène, d'orties et de pousses de lotus avec sept herbes différentes ? Avait-il marmonné une formule magique en se penchant au-dessus de cette mixture bouillonnante ? Avait-il versé cette potion dans un flacon de verre avant d'en enduire ses points vitaux – les tempes, la gorge, les testicules, le cœur ? Comment expliquer autrement que sa femme se détourne ainsi de lui ?

Il se mit sur le côté et se recroquevilla contre elle. Passant le bras autour de sa taille, il l'attira à lui. Il sentit leurs corps se fondre et en son cœur s'éveilla un chant.

Les oreilles du chat se dressèrent. Il perçut les mouvements de l'homme. Ouvrant les yeux, il vit le bras de l'homme s'enrouler autour de la taille de son épouse, d'abord de manière hésitante, puis avec assurance et triomphe.

Elle ne dormait pas. Ses sens étaient en éveil. Le chat sentit ses poils se hérisser.

Le désir qu'il sentait monter en elle lui était insupportable. Non, voulait-il lui dire, ne le laisse pas te toucher. Il te volera ton bonheur et ne te laissera rien en retour. Tout ce qu'il veut, c'est dominer.

En témoin impuissant, il vit l'homme parcourir de la main les rondeurs de ses seins. Il continua de regarder tandis qu'il lui mordillait le lobe des oreilles, faisait courir sa langue le long de son dos et fouillait de ses doigts le trésor de son pubis.

Le chat savait qu'il avait le choix : rester, exacerbant sa souffrance, ou quitter la chambre. Elle étendit les jambes pour l'accueillir – cela faisait si longtemps. Rattrapons le temps perdu, qu'en dis-tu ?

Le chat sentit un sanglot monter dans sa gorge quand leurs hanches se mêlèrent.

Il se leva, exhalant la haine qu'il éprouvait. Il voulait se jeter sur l'homme et enfoncer ses crocs dans sa chair. Lacérer peau, muscles, tendons, rogner ses os et boire son sang.

Trahi, blessé et en colère, il alla s'asseoir sur son coussin afin de réfléchir.

« Tu ne traites pas ce chat comme un animal de compagnie ordinaire, l'accusa-t-il.

— Bien sûr que non, répondit-elle, son regard brillant dans l'obscurité. Comment le pourrais-je ? Ce n'est pas vraiment le genre de chat à qui on fait des "minou-minou". C'est un animal digne, distant, détaché. En fait, il me fait beaucoup penser à toi.

— C'est bien là le problème, ronchonna-t-il. Il se prend pour ton mari. As-tu remarqué comment il me regardait ? Il se comporte comme si c'était moi l'intrus. »

Ses doigts caressaient le satin plissé de son ventre. Brusquement, elle se tourna vers lui.

« Faisons l'amour », lui murmura-t-elle à l'oreille avant de glisser sa langue dans sa bouche.

Autrefois, le Grand Maître s'était assis sous un arbre et avait laissé venir à lui des millions de pensées. Jaunes. Rouges. Blanches. Un rai de lumière brillant à travers un orifice. Les contours du monde vus à travers le trou d'une pièce de monnaie.

Le sommet de l'arbre qui bouge dans le vent. Un bol d'eau claire. Un disque d'argile. Une flamme éternelle.

Le corps. Le souffle. La mort inéluctable.

L'espace infini. La conscience infinie.

Ainsi tourbillonnaient les pensées. Picotements dans les orteils. Accélération des battements de cœur. Soudain, une pensée isolée se détacha du maelström et emprunta une voie jusqu'alors inexplorée, le chemin reliant le cerveau au cœur, à l'esprit et à l'âme. Cette pensée avait une telle force qu'elle fit de lui l'Eclairé.

Exister, c'est souffrir. La souffrance a son origine dans le désir. On peut échapper à la souffrance en éliminant le désir. Le désir peut être vaincu par la discipline.

Autrefois, le chat avait suivi l'Octuple Chemin de la discipline. Autrefois, il était libre de tout désir. Autrefois, il ne connaissait pas la souffrance. Autrefois, il ne faisait que passer à travers la vie.

La vérité ne se laisse pas saisir aisément et maintenant le chat ne peut plus se contenter d'une existence insignifiante. Il s'est laissé distraire par le Malin. Mara. Prince des Ténèbres, Prince de la Tentation. Ses trois filles, les nymphes Passion, Séduction et Amour Charnel, ont eu raison du chat.

Les ténèbres de l'illusion ont obscurci son esprit.

Le chat attendit qu'il ait terminé. Il lut alors le triomphe dans le regard de l'homme. Il y vit l'impudence de la victoire. Dans l'atmosphère flottait l'odeur de la capitulation de la femme.

Le souvenir de ce parfum musqué qui avait maintes fois auparavant imprégné l'atmosphère rendit fou le chat. Oubliés, le détachement, l'indifférence au désir. Oubliées, la patience infinie, la plénitude de la sagesse. Le chat renonça l'une après l'autre à ces vertus cardinales si durement acquises et laissa son instinct animal reprendre le dessus.

Il se jeta sur l'homme, plantant ses griffes dans la poitrine dénudée qu'elle avait embrassée cette nuit avec la légèreté d'une aile de papillon.

Il vit l'homme vaciller, le sang gicler, le cri jaillir de sa poitrine. Il sentit l'homme le saisir d'un poing ferme et le jeter à travers la pièce. Il retomba sur ses pattes, comme tous les chats. Mais sa rage, elle, ne voulait pas retomber.

Il se jeta à nouveau sur l'homme. C'était une bataille entre deux mâles s'affrontant en duel pour l'amour d'une femme. C'était une bataille sanglante et sans pitié, une bataille qu'il fallait gagner à tout prix.

« Comment as-tu pu ? s'écria-t-elle. Après tout ce que j'ai fait pour toi, comment as-tu pu ? »

Le chat sentit un battement lancinant dans sa tête. L'homme avait emporté la victoire. Elle ne vit que le sang, la violence et fut insensible à la souffrance, au chagrin et à la douleur qui le tenaillaient.

Elle aida l'homme à rentrer dans leur chambre. Elle tressaillit en voyant les écorchures rageuses et nettoya doucement les blessures avec du coton trempé dans de l'eau tiède.

Elle frotta sa joue contre le cou de l'homme. « Je suis désolée qu'il t'ait fait du mal. Je ne sais pas ce qui lui a pris.

— Je te l'ai dit, il est jaloux. Il me déteste. Tu ne vois donc pas qu'il ne veut pas de moi entre vous deux ? Débarrasse-toi de lui. Si tu veux donner une chance à notre couple, débarrasse-toi de lui. »

Dans le miroir, son regard croisa celui du chat.

Le chat boitait. Il avait une méchante blessure à la patte arrière. Son corps tout entier lui faisait mal.

Il était malheureux. Il ne savait pas où il allait.

Comme le Grand Maître, le chat quitta la femme et la douceur dans laquelle elle l'avait enveloppé, à la recherche de la paix, du salut pour son âme blessée.

Il s'arrêta. Pris d'un haut-le-cœur, il vomit. Il boita encore sur quelques mètres. Il arriva devant un arbre qui faisait face à l'est. Au pied de l'arbre s'étendait un tas de feuilles. L'orange et le marron des feuilles éveillèrent en lui une étincelle de solitude. C'étaient les couleurs du premier coussin.

Il renifla les feuilles. Craquantes, sèches, brûlées par le soleil. A l'ombre mouchetée de l'arbre, sur le sol parsemé de gazon, le chat s'effondra dans ce lit de feuilles.

Doucement, il laissa se dénouer la tension lovée en lui. Doucement, il laissa venir le néant. Quelque chose de rouge. Quelque chose de bleu. Un disque d'argile.

Quand une existence se désintègre, l'âme cherche une nouvelle incarnation. Une vie qui n'est ni la même que l'ancienne, ni totalement nouvelle, mais qui est la continuation d'une série.

Exister est souffrir. La souffrance a sa source dans le désir. On peut échapper à la souffrance en éliminant le désir et le besoin de posséder. Après tout, nous n'avons qu'une existence transitoire.

LA FORCE DE L'ARBRE

Il se dressait dans un carré de terre humide. Trapu, solitaire, surtout las. Ses branches les plus petites avaient été coupées. Entassées en petits monceaux d'écorce noueuse, elles brandissaient en l'air, muettes et enragées, leurs poings chétifs. Les feuilles s'étaient mises à tomber, les unes après les autres quand la hache avait entamé le tronc principal, déchiquetant le bois en millions d'esquilles, tranchant le lien qui unissait la souche au tronc.

Une petite branche d'un gris-vert à patine brune, haute d'un mètre, tente de s'enraciner dans un tas de boue compatissant.

Il y a toujours eu un arbre mourongue au jardin de mes souvenirs. Le premier était un beau spécimen qui s'élançait vers les cieux depuis l'arrière de la maison. Son tronc abritait un tapis de chenilles qui venaient hanter nos cauchemars, provoquant des démangeaisons aux bras et aux jambes qui nous tiraient de notre sommeil. « Je vous avais bien dit de ne pas vous approcher du mourongue », réprimandait ma mère tout en badigeonnant de crème antiseptique notre peau rouge et irritée.

De temps en temps, un employé de l'usine de mon père venait, muni d'un bâton à l'extrémité entourée de chiffons, d'une bouteille de kérosène et d'une boîte d'allumettes. Nous lui tournions autour pendant qu'il versait du kérosène sur les chiffons et leur mettait le feu. Tenant le bâton à distance, il s'approchait de l'arbre grouillant de chenilles et les faisait délicatement rôtir, jusqu'à ce qu'elles se ratatinent et tombent dans la poussière, carbonisées.

Une fois l'arbre à nu, nous gravions nos initiales dans son écorce avec un clou. Chaque jour, nous allions raviver l'entaille et ajouter une nouvelle blessure. Jusqu'au jour où les chenilles velues refaisaient leur apparition. Elles recouvraient les plaies béantes et la plus grande partie du tronc, soustrayant l'arbre à nos mains cruelles pour l'envelopper dans la douceur laineuse de leur abdomen.

Entre-temps, il y eut d'autres arbres. Des arbres insignifiants. Des arbres malingres. Une fois même, le squelette d'un mourongue mort.

Ensuite, il y eut le jeune mourongue du jardin voisin qui n'en finissait pas de jeter des regards curieux dans le mien. Comme un chiot avide de se faire de nouveaux amis, il s'enroulait autour du muret, cascade verdoyante qui s'invitait chez moi. Parfois, quand mon frigidaire était vide et froid, je m'approchais de ses branches accueillantes et cueillais tous ses fruits. L'arbre ne m'en tenait jamais rigueur. Quelques jours plus tard, il revenait à l'assaut, cherchant à attirer mon attention avec ses larmes de verdure.

Mais celui-ci… celui-ci était différent. Certains, attirés par la profusion de son feuillage et la succulence de ses fruits, ont arraché quelques-unes de ses branches pour les planter dans leur jardin. Jusqu'à présent, il a résisté à toute tentative de reproduction.

Hier, un de ces moignons a vu poindre un premier bourgeon vert. Aussi timide qu'une jeune mère, il a refusé toute la journée de croiser le regard de quelqu'un, préférant l'isolement à la compagnie. Ce matin, il semblait un peu moins farouche. Toujours comme une jeune mère, il montrait avec fierté ses nouvelles pousses. Je me tenais à ses côtés en l'implorant de vivre, en priant pour qu'il survive.

« Qu'est-ce que tu fais dans le jardin pendant tout ce temps ? » a-t-elle demandé, en venant me chercher. Quand elle a vu le mourongue avec sa couronne de feuilles, elle a éclaté en sanglots.

La maison était située dans une rue tranquille bordée de vieilles résidences coloniales et d'immenses arbres encore plus vieux. A un peu plus d'un mètre de la porte principale poussait un liseron des Indes. Dans le petit carré de terre devant la maison se dressait un frêle grenadier. Depuis le portillon, j'imaginais comment j'allais transformer cette vieille maison délabrée en un logement confortable. J'étais enceinte d'un mois et demi et cette expérience toute neuve m'émerveillait encore. Rien n'était assez beau pour le bébé.

Deux jours après notre emménagement, le laitier l'amena avec lui. Je cherchais une jeune fille intelligente qui apprendrait rapidement quelques notions d'anglais lui permettant de répondre au téléphone et de recevoir les visiteurs si j'étais trop occupée – cela en plus du ménage et de la cuisine. Plus tard, quand le bébé serait né, je voulais qu'elle le promène dans un landau, le long de l'avenue bordée d'arbres conduisant au parc.

« Je ne crois pas qu'elle fera l'affaire », dis-je à mon mari en repensant à son regard sévère et à son visage marqué par les années. Je n'avais pas besoin de quelqu'un qui me dirait ce qu'il fallait faire et comment le faire. Je ne voulais pas que son expérience vienne infléchir mes projets pour la maison et le bébé. « Mais bon, je vais la garder jusqu'à ce qu'on trouve quelqu'un d'autre. »

Le lendemain, quand j'entrai dans la cuisine, j'entendis un fracas de verre. Un ramequin avait volé en éclats. « Vous ne pouvez pas faire attention ! aboyai-je. Pourquoi n'allumez-vous pas la lumière ? »

J'espérais qu'elle partirait sans que j'aie à le lui demander.

Le liseron des Indes, semé de boutons roses et blancs, s'enroulait autour de la porte d'entrée pour emplir chaque soir le séjour de son parfum. J'ai coupé quelques touffes de ses délicates fleurettes, y ai ajouté des brins d'asparagus et les ai mis dans un pot de confiture rempli d'eau que j'ai posé dans la cuisine. Je voulais que l'endroit où travaillait Amma soit agréable et parfumé.

Je ne me souviens plus quand ni comment les choses ont changé. La veille, elle était encore la domestique que j'employais à contrecœur. Puis, un jour, elle est devenue Amma. Mère. Ma mère. Et par bien des côtés, je suis plus attachée à elle qu'à ma mère biologique.

A l'arrière de la maison se trouvait une cour entourée de nombreux arbres. Elle était séparée du jardin par un muret, sur lequel j'avais posé des pots de bégonia, de verveine et de misère. J'allais souvent m'y reposer, un chat à mes pieds, les mains posées mollement sur le renflement de mon ventre, rassurée par la proximité d'Amma.

Un de ces jours presque parfaits où j'étais assise, occupée à décortiquer des pois et à observer

Amma plier le linge qui avait séché, je dis : « Tu sais ce qui me ferait vraiment plaisir ? C'est du curry de feuilles de mourongue. Je sais qu'il y a toutes sortes de légumes au marché mais c'est ça qui me fait envie. J'ai presque son goût frais et vert à la bouche. »

Je vis un sourire jaillir sur ses lèvres. « Je vais voir ce que je peux faire », murmura-t-elle.

Le lendemain matin, Amma revint avec une brassée de feuilles. Je l'aidai à les nettoyer, puis laissai opérer sa magie. Je ne sais pas ce qu'elle fait avec une poignée de dal, trois piments rouges et un bol de feuilles, mais personne ne réussit un curry comme le sien – au grand dam de ma mère.

« Je ne comprends pas ce que tu lui trouves de si extraordinaire à ce curry. Il a le même goût que le mien, soutient-elle.

— Non, dis-je invariablement. Il n'y a pas de comparaison. » Rien qu'au souvenir du curry d'Amma, j'en ai l'eau à la bouche.

Je mangeai le curry de feuilles de mourongue pour le déjeuner et le dîner, avec des galettes et du riz. Je savourai sa consistance et son arôme à chaque bouchée. Plus tard, cette nuit-là, je sentis le bébé bouger pour la première fois.

« Mais non, c'est beaucoup trop tôt, marmonna mon mari à moitié endormi. Tu dois avoir une indigestion. Avec tout ce que tu as englouti aujourd'hui. »

Je n'arrivais pas à trouver le sommeil. Allongée, je regardais l'obscurité se déverser par la fenêtre. Pour la première fois depuis que je savais que j'étais enceinte, j'avais peur. J'éprouvais une crainte diffuse en pensant à cet être qui grandissait en moi. Et si le bébé avait quelque chose ? Ça arrivait tout le temps : souffle au cœur, paralysie cérébrale, bec-de-lièvre...

Et moi, quel genre de mère serais-je ? Aurais-je la patience et la tolérance qu'il faut pour faire une bonne mère ? Je caressais mon bébé pas encore né, imaginant ses cheveux fins, ses joues satinées, essayant de le rassurer et de me convaincre par la même occasion que tout irait bien.

Le matin, je m'assis dans la cour, incapable de me libérer de l'angoisse qui m'avait rongée toute la nuit.

« Ça ne va pas ? Il est arrivé quelque chose ? » Je levai les yeux et vis Amma, debout près de moi.

« J'ai cru sentir le bébé bouger cette nuit. Je n'ai pas pu dormir. Toute la nuit, je me suis demandé si j'arriverais à faire face. Ce bébé va bouleverser ma vie. Comment est-ce que je vais m'en sortir ? »

Il émanait de son regard de la compréhension et une étrange tristesse. Elle prit mes mains entre les siennes et se mit à les masser doucement. « Vous vous en sortirez. Ne vous inquiétez pas pour ça. Les femmes sont fortes. Je vais vous raconter une histoire…

« Il était une fois une femme qui avait un mari. Il l'appelait sa reine, la choyait et lui donna trois beaux enfants. Tous les jours, la femme remerciait le ciel de lui avoir octroyé autant de bonheur. Un jour, au marché, elle rencontra une amie. Cette dernière lui dit : "Je suis désolée de t'annoncer ça, mais j'ai vu ton mari à Mysore avec une autre femme."

« Quelques jours plus tard, elle trouva une lettre dans la poche de son mari. Une lettre d'une femme habitant Mysore.

« Autrefois, quand cette femme était encore petite fille, elle avait partagé une assiette de nourriture avec une camarade. Quand sa grand-mère l'avait découvert, elle avait retiré une braise du feu et la lui avait mise sur la langue. "Ne mange plus jamais les restes de quelqu'un d'autre, c'est compris ?" avait dit la grand-mère en lui appliquant un cataplasme sur la langue pour apaiser la brûlure.

« La femme essaya d'ignorer la lettre, d'enfouir le souvenir de ce jour-là. Ce fut la petite fille à la langue brûlée qui dit au mari : "Pars, je t'en prie. Je ne peux plus être ta femme. Retourne auprès d'elle. Fais d'elle ta reine, ton épouse, ta traînée, ce que tu veux. Mais je ne veux plus te voir, te parler, ni même respirer le même air que toi aussi longtemps que je vivrai."

« Cette femme avait trois enfants, dont un était encore en bas âge. Elle ne mendia pas. Elle ne vendit pas son corps. Elle éleva ses enfants, pourvut à leurs besoins. Quand elle avait faim, elle se disait qu'au moins, sa dignité était restée intacte. Elle envoya ses enfants dans de bonnes écoles, les aida à s'établir dans la vie, leur trouva de bons partis… tout cela avec le peu qu'elle gagnait en préparant des idlis pour quelques petites cantines.

« Quand je repense à cette époque, je me demande comment je suis arrivée à tenir le coup… Mais Dieu a fait les femmes avec un ingrédient spécial. Un je-ne-sais-quoi qui nous fait continuer, en dépit de tout. »

Voilà mon Amma. Petite, boulotte, une longue tresse qui lui descend le long du dos. Les cheveux légèrement grisonnants, méticuleusement propre, profondément pieuse, hautement fataliste.

Dieu, je t'en prie, fais que je ressemble un peu à Amma. Donne-moi ne serait-ce qu'une parcelle de sa force, de sa détermination à ne pas faiblir.

Puis le bébé bougea à nouveau. « Amma, m'écriai-je, tout excitée, il a encore bougé ! Sens ! »

Je mis sa main sur mon ventre. Son visage était plissé par la concentration. « Je crois que je le sens », dit-elle doucement, avec de l'émerveillement dans la voix.

Nous nous regardâmes, radieuses. Et dans la magie du moment, je laissai échapper les mots qui depuis longtemps me brûlaient les lèvres : « J'aimerais que tu sois ma mère. »

L'image de ma mère vint flotter entre nous, et brièvement nos regards consternés se croisèrent. C'étaient les paroles d'une traîtresse. Peu importait qu'elles soient vraies, ou expriment un sentiment courant, les prononcer était en soi un péché – surtout quand votre mère était encore vivante. Je savais ce qu'Amma pensait. Combien elle serait peinée si quelqu'un venait s'immiscer entre elle et sa fille. Combien elle serait blessée si sa fille lui préférait quelqu'un d'autre. Je l'avais mise dans la peau d'une intruse dans une relation. La destructrice d'un lien, celle qui en défait l'écheveau. Et rien de ce que je pourrais dire maintenant ne réussirait à dissiper le sentiment de culpabilité que je lui imposais.

Le fantôme invisible de Roja nous sépare.

J'aurais aimé que Roja soit un monstre de froideur et d'indifférence, insensible à l'amour profond que sa mère lui porte. Qu'elle soit malveillante et négligente. Il aurait été si facile de prendre sa place, de me substituer à elle.

Le regard d'Amma s'illumine quand elle parle de Roja. Il est évident qu'elle préfère sa fille à ses fils. « Les fils sont des fils jusqu'à leur mariage. Ensuite, ils appartiennent à une autre femme », a dit Amma pendant qu'elle donnait son bain au bébé.

Elle s'assoit sur un tabouret bas, les jambes tendues et le sari ramené autour de ses genoux. Elle pose le bébé sur ses jambes et le nettoie avec douceur. « L'autre jour, à la télévision j'ai vu une femme qui portait des boucles d'oreilles. J'ai dit à Roja, c'est joli, non ? Et vous savez ce que mon fils cadet a dit ? Oui, elles iraient très bien à Selvi. Selvi c'est sa fiancée. »

Assise à côté d'elle, je prends plaisir à l'écouter tandis qu'elle masse mon fils avec de l'huile, modelant son front, ses narines, ses lèvres pour leur donner ce qu'elle estime être une beauté classique.

Elle s'était occupée du bébé dès mon retour de chez ma mère. J'y avais passé un séjour chargé de tensions sous-jacentes et d'anxiété. Ma mère qui n'arrivait pas à décider qui, d'un fils avec un ligament du genou déchiré ou d'une fille qui venait de subir une césarienne, méritait le plus son attention. Je me retrouvais dans une maison lugubre. Mon père qui, les yeux larmoyants, décrivait à table l'accident qui allait laisser son fils boiteux. L'horreur d'imaginer mort son fils adulte avait creusé de nouveaux sillons sur son visage. Je vis son regard humide, devinai le désarroi dans sa voix mais je n'avais qu'une seule envie, celle de hurler : « Pitié, épargnez-moi ça ! Je suis en train de vivre soi-disant la plus belle expérience de ma vie. Je veux être entourée de rires, de joie. Ne me donnez pas le sentiment que mon bonheur n'a pas sa place ici ! »

Il est facile de croire qu'une naissance diminue l'intensité du chagrin qui hante un foyer. Je pensais que les gazouillements d'un nouveau-né effaceraient la mélancolie du regard de mon père, que ma mère parviendrait à sourire. Je voulais être celle qui chasserait leur souffrance. En échange, je voulais être choyée, dorlotée et encouragée à rêver, allongée aux côtés de mon bébé.

Tout ce que je trouvai, ce furent des parents se tordant les mains de désespoir, indifférents au bébé, un frère furieux contre le destin qui l'avait cloué au lit et des pièces saturées de malheur. Quand le moment de partir fut venu, je quittai cette maison avec joie. Certes, je payais pour la présence d'Amma. Mais au moins, je savais que pendant qu'elle était chez moi, j'étais ce qui comptait le plus à ses yeux.

« La veille de sa naissance, j'ai rêvé de lui, dit-elle en lui passant au doigt un anneau en or.

— J'aurais aimé que tu sois là quand ils m'ont emmenée en salle d'accouchement.

— Ça a été douloureux ? demanda-t-elle avec inquiétude.

— C'est du passé », répondis-je en me disant que mon bébé semblait si bien dans ses bras.

Elle le nourrissait, lui donnait son bain, jouait avec lui, cédait à ses caprices. Si cela avait été quelqu'un d'autre, je me serais sentie exclue, voire jalouse de leur relation. Mais avec Amma, je ne me sentais pas menacée. Elle avait son rôle et moi le mien.

Avec une certaine indifférence, je le regardais marcher à quatre pattes dans la salle à manger. Mais quand il se mit à arracher une feuille de mon précieux philodendron, je sentis la rage m'envahir. « Lâche ça, sale gosse ! » hurlai-je en l'éloignant de la plante avec rudesse et en lui donnant une tape sur le poignet. Interloqué, il regarda la furie qu'était devenue sa mère. Deux grosses larmes lui coulèrent le long des joues et bientôt son visage fut déformé par les pleurs.

Amma le prit contre sa poitrine et murmura : « Chut, chut, mon petit. Tu te rends compte, ta mère a ces plantes depuis bien plus longtemps qu'elle ne t'a, toi. » Elle me lança un regard étrange mais je détournai les yeux. J'avais honte de ma réaction mais je ne voulais pas l'admettre.

Quand le bébé fut endormi, elle vint me rejoindre dans la cour où j'étais occupée à gribouiller sur un bout de papier pour me distraire des humeurs irascibles et confuses qui me minaient. « Pourquoi cette colère perpétuelle ? » demanda-t-elle.

Je cherchai dans son regard des reproches, de la désapprobation. Mais je n'y lus rien d'autre que de la bonté et c'était exactement ce dont j'avais besoin à ce moment-là. Quelqu'un qui voie mon point de vue sans le mettre sur le compte du baby-blues.

Je me mis à lui parler, du vide que je ressentais en moi, de la noirceur de mes pensées, de ma solitude que rien ni personne ne pouvait combler. De cette impression que mon corps m'avait trahie. De la cicatrice qui s'étirait sur mon ventre, flétrissant l'image que j'avais de moi dans le miroir. Du dégoût que devait ressentir mon mari chaque fois qu'il remplissait son devoir conjugal. De comment mon seul et unique désir était de me mettre en boule dans un coin et d'y rester. De combien je me haïssais d'être devenue cette épave pitoyable et névrosée…

Quand j'eus terminé, elle partit vers la cuisine et en revint avec une tasse de thé. « Buvez ça, m'ordonna-t-elle. Vous devriez chercher du travail. Vous avez besoin de sortir et d'être occupée. Il faut que vous arrêtiez de vous sentir inutile. Ne vous inquiétez pas pour le bébé. Je m'occuperai de lui. »

Un jour, il y a longtemps, j'avais trouvé Amma hypnotisée par une couverture de magazine. Elle se tenait dans la cour, avait laissé en plan ses tâches ménagères et regardait pensivement la couverture. Je jetai un coup d'œil par-dessus son épaule pour voir ce qui la fascinait tant. C'était une maison, avec une porte peinte en vert et un chemin pavé de dalles rondes et bordé de primevères jaunes. On voyait un arbre au premier plan, coupé par le bord du magazine.

C'est ainsi que lorsque nous emménageâmes dans notre nouvelle maison, je préparai une chambre pour Amma. Elle avait une porte peinte en vert, qui s'ouvrait sur le jardin. Il y avait un chemin pavé, avec des bordures où fleuriraient des primevères. Puis je l'invitai à s'y installer, à faire partie de ma vie.

« Non, répondit-elle. Je ne crois pas que ce soit une bonne idée. Merci de m'offrir ce magnifique endroit mais je ne veux pas déménager. Je suis bien là où je suis. »

Il y a deux semaines, Amma a ouvert le portail et est entrée. Quand elle a refermé le loquet derrière elle, son écho a résonné longtemps. A la main, elle avait une valise et une branche d'arbre.

« J'aimerais bien m'installer ici, si vous êtes toujours d'accord pour que je vienne », a-t-elle dit doucement, comme si les mots lui coûtaient.

Elle a planté la branche dans un coin du jardin et s'est installée dans la chambre. J'ai attendu qu'elle me dise ce qui l'avait fait changer d'avis. Je savais qu'elle me le dirait, le moment venu.

Et on dirait que ce moment est arrivé.

« Quand ils ont mis fin au bail de location du lotissement où j'habitais, je ne me suis pas fait trop de souci. Puis ils sont venus avec des bulldozers pour démolir les maisons mais je n'étais toujours pas inquiète. Après tout, ils nous avaient relogés pas très loin. Tout le monde a fait un tollé, en disant qu'on ne pouvait pas nous demander comme ça d'abandonner l'endroit où nous habitions depuis des années. Moi, j'ai dit que ce n'était pas bien grave, après tout ce n'étaient que des briques et du mortier.

« Puis ils ont décidé de couper l'arbre, et là, je n'ai pas pu rester. Comment aurais-je pu ? Cet arbre fait partie de ma vie depuis tant d'années. Quand j'ai dit à mon mari de partir, personne ne m'a vu pleurer, personne n'a été témoin de ma souffrance, à part cet arbre. Je sais que vous me croyez forte. Je vous ai vue me comparer à votre mère et vous demander pourquoi elle n'était pas aussi courageuse, aussi solide, aussi imperméable aux événements extérieurs. Mais tout ça, c'était grâce à l'arbre. A l'arbre mourongue.

« Vous connaissez l'histoire du roi Vikramaditya et du vampire qui vivait dans les branches d'un mourongue ? Et comment grâce à lui, il a compris le sens de la vie ?

« Cet arbre abritait tous les vampires de mon passé. Chaque fois que j'avais l'impression de ne pas pouvoir faire face, j'ai cherché refuge à son pied. Il me permettait de me délivrer des malheurs et des démons qui me suçaient le sang. J'ai pendu à ses branches tous les vampires de ma vie. Et l'arbre les a acceptés sans broncher.

« Je pouvais lui dire ce que je ne disais à personne d'autre. Il était le dépositaire de mes confidences, le trésorier de mes espérances et le gardien de mes souvenirs. Vous savez quel nom je lui donnais ? Amma. Cet arbre était mon ami, mon compagnon, mon soutien. Tous les soirs, je lui adressais une prière pour qu'il me donne la force de continuer. "Aide-moi, Mère", disais-je. Et en rêve, l'esprit de l'arbre m'apparaissait et me disait ce que je devais faire.

« Aussi, quand ils ont abattu leurs haches sur son cœur, j'ai ressenti le coup en pleine poitrine. Quand son écorce a été arrachée, c'était ma chair qu'on mettait en lambeaux. J'ai vu l'arbre saigner, j'ai entendu ses racines crier tandis que ses branches fléchissaient puis tombaient, et son esprit se lamenter lorsqu'on l'a emporté. Pour la première fois, je me suis sentie seule, vieille et effrayée. Comme si je n'avais plus personne au monde… »

Nous nous tenions sous la voûte des branches. Un perroquet a jailli du vert des feuilles et s'est élevé dans le ciel, battant des ailes, déchirant l'air de son cri.

Peut-être me verrait-elle toujours comme une usurpatrice qui essayait de prendre la place de sa fille. Peut-être ne tiendrait-elle jamais autant à moi qu'à son arbre. Mais elle était là, et resterait là toute sa vie. C'était tout ce qui comptait.

L'HIPPOPOTHOMME

Elle est suspendue dans le placard, cette peau de bête gris sale que son âme a délaissée, inhalant par chacun de ses pores les effluves mêlés de naphtaline, de désodorisant et de renfermé. Elle est avachie sur les bras écartés d'un cintre, sans vie, affichant un calme trompeur.

Ne vous laissez pas prendre au piège. Un monstre l'habite. Impossible de le toucher. Impossible de le sentir. Mais si vous deviez vous revêtir de sa dépouille, il vous attraperait à la gorge, transpercerait votre chair de ses griffes, ferait de vos tendons une pelote de ficelle avant de vous sucer la moelle.

Inutile d'essayer d'attendrir la bête, elle n'a pas de cœur. Voyez ses yeux. Ils fixent sans ciller un point situé au-dessus de votre tête, d'un regard vide et sans âme. Les énormes lèvres qui cerclent sa bouche caverneuse sont serrées, murant le silence dans des profondeurs obscures.

Voilà la bête qui m'a assujetti. Tous les jours, je m'en remets à elle afin qu'elle fasse de moi ce que bon lui semble, qu'elle me domine, me gouverne. En échange, elle m'offre les clés d'un royaume. Je suis le souverain d'une contrée peuplée de petites créatures poilues, tout droit sorties de l'imagination. Parfois, ma royauté de jardin d'enfants me ravit. Parfois, la peau de la bête prend le dessus, au point que je ne sais plus si je suis homme ou animal.

Ce sont ces moments-là qui me tourmentent, quand le sommeil m'échappe avec la fourberie d'un renard qui connaît bien le terrain. Car cet être fantastique qui vit en technicolor dans un recoin de mon esprit aurait pu ne jamais se manifester. J'aurais pu vivre sans jamais savoir ce dont j'étais capable. Ce que je suis une fois débarrassé de l'hippocostume, c'est un homme insignifiant au destin insignifiant. Ce que j'aurais été si Lewis ne m'avait pas légué l'hippocostume. C'est avec Lewis qu'il faut que je commence mon histoire…

On n'avait jamais vu un magasin comme celui-là. Une façade de trois cents mètres de long. Des vitrines de la taille d'une petite chambre, habitées par des familles de mannequins représentant chacune une scène de la vie : un anniversaire, un après-midi à la plage, une journée au zoo… On pouvait passer une journée entière le nez pressé contre la vitre et l'esprit vagabondant au pays des mannequins.

Si vous descendiez les marches, la magie persistait avec un train électrique qui faisait le tour du parking, un attelage tiré par des poneys à la tête ornée de plumes roses, qui vous invitait à faire une balade. Il y avait même un chamelier. Et puis on trouvait du pop-corn à volonté, de grosses boules de glace dans des cornets, des barbes à papa et des ballons en forme de cœur que vous pouviez lâcher vers les nuages quand vous en aviez assez de les tenir à la main. Pour profiter de tout cela, il suffisait d'entrer dans le magasin.

Le jour où le magasin ouvrit ses portes, il y eut un embouteillage au carrefour. Les feux passèrent au vert puis au rouge, puis à nouveau au vert, des klaxons retentirent, des voix s'élevèrent, des poings furent brandis. Puis, comme par enchantement, les conducteurs et leurs machines restèrent hypnotisés par le spectacle fantasmagorique qui se déployait sous leurs yeux. « Je connais cette créature, murmura une voix. C'est Humpty Dumpty. »

Seigneur, on se retrouvait en enfance ! Ils étaient tous là, nos amis du jardin d'enfants dont nous nous étions séparés à contrecœur. Les trois petits cochons. Le Petit Chaperon rouge. Les musiciens de Brême. Cendrillon et Barbe-Bleue. Il y avait aussi un gros hippopotame gris.

« Qu'est-ce qu'il fait là, lui ? » s'écria quelqu'un.

L'énorme hippopotame, vilain et lourdaud, ouvrit grand sa gueule rose, tira sa langue de feutre rouge framboise, fit demi-tour et agita son gros derrière avant de faire une petite danse.

Puis il s'assit sur un tabouret rond, s'empara d'une guitare qu'il se mit à gratter. La foule, dans l'expectative, fit silence. On oublia le petit peuple du jardin d'enfants au profit de distractions d'adultes. On se trouvait là devant un phénomène, la star du magasin : l'hippopotame chantant.

Autrefois, l'hippopothomme caressait un rêve : composer une musique que le monde entier lui envierait. Autrefois, l'hippopothomme avait une voix qui portait jusqu'aux cieux. Autrefois, l'hippopothomme s'appelait Lewis.

Il considérait ses animations de galas dans les hôtels comme un simple gagne-pain. Quand il aurait suffisamment économisé, il louerait un studio d'enregistrement, ferait appel au meilleur ingénieur du son et lancerait sa carrière. D'ici là, il espérait qu'un jour, un membre de l'industrie musicale viendrait au restaurant et repérerait son talent. Tout cela lui semblait encore possible il y a dix ans.

Puis un jour, un homme vêtu d'un complet rose fit son entrée. Toute la soirée, il étudia Lewis. Il regarda les doigts agiles gratter les cordes de la guitare. Il écouta cette voix qui dominait l'incessant coassement des crapauds peuplant le bassin autour du restaurant et qui cherchait à s'élancer par-dessus son toit couvert de tuiles. Il devina l'ambition et l'amertume. Il passa toute la soirée assis là, cet homme en complet rose, sirotant un jus de fruit et remuant ses vermicelles et sa salade de légumes variés. Quand Lewis eut terminé son tour de chant, l'homme au complet rose lui glissa un billet de cent roupies dans la main, lui donna sa carte et lui demanda de l'appeler.

Lewis tourna et retourna la carte une dizaine de fois avant de se décider. Il la mit dans son portefeuille, se coucha et tira la couverture à son menton. Il plia et étira ses doigts de pied en réfléchissant à la signification de cette carte. Quelque chose lui disait que ce n'était pas un hasard mais le signe que sa vie allait changer, sa chance tourner.

Lewis parcourut d'un pas trébuchant un labyrinthe de poutres et de murs nus. C'est là que la voix au téléphone avait fixé le rendez-vous. Lewis retrouva l'homme parmi la poussière et les ouvriers, vêtu d'un costume mauve et d'une cravate psychédélique qui risquait de vous hypnotiser si vous la regardiez un peu trop longtemps. Il portait le nom de Reddy. Il avait une proposition. Un magasin comme la ville n'en avait encore jamais vu.

« Mais que voulez-vous que je fasse ? demanda Lewis, perplexe. Je ne suis pas vendeur.

— Je ne vous demande pas de vous tenir derrière un comptoir ni de vendre quoi que ce soit. Vous n'aurez même pas besoin de savoir ce que nous avons en stock. Je veux que vous chantiez et que vous dirigiez un groupe. » Reddy se fit persuasif. « Vous aurez toute liberté de chanter ce qui vous plaît. On lancera un disque avec vos chansons. La seule chose que je vous demande, c'est de me laisser décider des costumes. »

Voilà comment Lewis devint le roi du jardin d'enfants, au cœur du plus joli magasin pour enfants du monde. On lui donna un mois pour former son groupe. « Il faudra quand même que, de temps en temps, ils donnent un coup de main dans le magasin », avait prévenu Reddy, quand, amenés par Lewis, nous l'avions rencontré. Nous n'avions pas d'emploi fixe, ni l'espoir d'en trouver un. Mais nous étions unis par la même passion : la musique. Lewis était notre Sauveur : il allait nous fournir un boulot qui répondrait à notre besoin de faire de la musique.

Nous étions prêts à tout pour lui. Travailler dur, tenir la caisse, faire de grands sourires aux clients, même balayer si nécessaire. Jusqu'à ce qu'il nous montre les costumes que nous étions censés porter.

« Mais Lewis, ce n'est pas possible !... » J'étais atterré à l'idée de m'afficher dans ce costume ridicule.

Lewis avait souri et son long visage maigre s'était plissé de rides. « Regardez ça, avait-il dit en montrant d'un geste un costume gris sale. Voilà ce que je vais devoir porter. Le plus grotesque de tous. Les vôtres, au moins, ils ont du charme ! »

Tout en parlant, il avait enfilé le costume. Nous le regardions, incapables d'en croire nos yeux.

« Alors, dites-moi, de quoi j'ai l'air ? » demanda Lewis.

Nous nous mîmes à pouffer, à ricaner puis à rire jusqu'à ce que les larmes nous coulent le long des joues. Nous n'avions jamais rien vu d'aussi drôle. Je crus mourir de rire, jusqu'au moment où Lewis découvrit l'ouverture bien cachée qui lui permettait de dégager ses mains, et la petite fente grâce à laquelle il pouvait respirer et chanter.

Il prit sa guitare, plaqua un accord et se mit à chanter. La voix de Lewis était haute et puissante, pure et claire, et détonnait avec le vilain costume qu'il portait. Nous étions surpris et fascinés par le spectacle qu'il offrait. Il avait l'étoffe d'une légende. Et Reddy sut qu'il avait vu juste.

Etre une star, Lewis aimait ça. Il adorait voir les enfants se disputer pour être à côté de lui. Il aimait encore plus la fascination qu'il exerçait sur les femmes grâce à sa musique. Il se réjouissait des regards envieux des hommes, qui se demandaient où donc ce vilain hippopotame gris puisait un tel charisme.

Jamais la vie n'avait eu autant de charme. Toute la journée, il chantait ce qui lui plaisait ; des ballades, des mélodies de jazz, du blues, de la soul et de la country. Jamais il ne jouait de morceau sur demande. Un jour, l'envie lui prit de réécrire les paroles d'une vieille chanson de Sammy Davis Jr, qui devint un véritable hymne.

Les enfants se bousculaient autour de lui et le suppliaient de chanter la « chanson de l'hippopothomme ». A l'intérieur de son hippocostume, Lewis souriait. Si seulement ils savaient, pensait-il en grattant sa guitare et chantant :

L'hippopothomme !
Oh, voilà l'hippopothomme,
avec ses jolies chansons...

L'hippopothomme faisait vendre les journaux. Le magazine de la ville publia un article de quatre pages avec de grandes photos sur papier glacé, et certains journaux le citaient comme la personnalité du moment. Il était la mascotte qui figurait sur les panneaux d'affichage. Son visage ornait des tee-shirts et des tasses. Il signait des autographes de manière théâtrale et, de temps en temps, faisait plaisir à un parent en autorisant un enfant à grimper sur ses genoux pour être pris en photo.

A mesure que la réputation de l'hippopothomme grandissait, son influence s'étendait et finit par dépasser le périmètre du jardin d'enfants. Reddy tenait à ce qu'il soit présent lors de chaque meeting. Qu'il s'agisse des promotions, des remises spéciales, des soldes, voire des décorations de vitrines, l'hippopothomme avait une opinion sur tout. Quand le chef de rayon rencontrait un problème, il commençait par s'adresser à lui. Tout le monde au magasin savait que s'il était de votre côté, Reddy consentirait à vous écouter au lieu de vous rembarrer avant même que vous ouvriez la bouche.

Lewis adorait l'attention dont il était l'objet. Il marchait en bombant le torse et nous regardait de haut. Nous nous sentions blessés. C'était notre ami ; nous avions fait de la musique avec lui et il était toujours partant pour partager une chope de bière. Un gars gentil, amusant, qui, soudain, était passé de l'autre côté de la barrière et regardait la pendule d'un air appuyé si l'un de nous prenait quelques minutes de trop pendant la pause.

Mais personne, même moi qui étais son plus vieil ami, n'osait protester. Quelques semaines plus tôt, lors d'un pot entre collègues, quelqu'un avait imité Lewis en train de faire l'hippopothomme, et Reddy était intervenu : « Si j'étais vous, je ferais attention à ce que je dis. Parce que, quand je vais m'agrandir, ce sera lui votre boss. » Et il s'était esclaffé en montrant du doigt l'hippopothomme.

Le rire signifiait sans doute qu'il plaisantait. Mais personne ne voulait tenter le diable, pas même moi.

Popo le clown parlait avec l'accent français. Il était moitié français, moitié indien, mais avouait ne pas savoir de quel côté penchait son cœur. Il se cherchait toujours, disait-il.

Il était grassouillet, avec des joues rondes et des bras potelés. Son sourire lui fendait le visage et ses yeux brillaient joyeusement, comme des décorations sur un arbre de Noël. Il plaisantait, mimait, chantait et jonglait. Il vous faisait rire à en avoir mal aux côtes, à en pleurer, à en avoir le souffle coupé. Parfois, quand on réussissait à l'amadouer, il vous lisait les lignes de la main. Dans ces moments-là, il était métamorphosé. Il était concentré et sérieux. Mais dès qu'il avait terminé, il redevenait le clown hilare que l'on connaissait.

A la veille des vacances, Reddy se mit à parler de changements. « Le jardin d'enfants, c'est très bien, mais il faudrait quelque chose d'autre. Quelque chose de nouveau. Qu'en pensez-vous, Lewis ? »

L'hippopothomme acquiesça tout en mâchouillant son cure-dents. L'année qui venait de s'écouler avait été la meilleure de ses quarante ans d'existence. Son contentement s'était traduit par un élargissement de sa taille, ses hanches, son cou et ses bajoues. Oui, notre Lewis commençait à ressembler à la créature qu'il incarnait la majeure partie de la journée.

« Pourquoi pas un clown ? » suggéra-t-il. Lewis se méfiait. Il ne voulait pas d'un musicien qui risquait de lui faire de l'ombre. L'attrait d'un clown finirait tôt ou tard par s'émousser. Un répertoire de blagues a ses limites…

Reddy regarda longuement Lewis avant de lui donner une tape sur l'épaule. « Parfait ! Je savais que je pouvais compter sur vous pour avoir une idée géniale. Va pour un clown. »

D'après la rumeur, Lewis reçut en remerciement une belle récompense dans une enveloppe blanche. On spéculait surtout sur le nombre de zéros de la récompense en question. Une fois encore, il semblait que la chance était de son côté.

Mais il ne faut pas trop se fier à sa bonne étoile. Du haut des cieux, les étoiles, au hasard, choisissent un destin et le protègent. Puis, souvent sans raison aucune sinon l'ennui, elles se lassent d'illuminer ce destin et s'éclipsent, se mettant à la recherche d'une nouvelle cible. Les astrologues appellent cela un changement de phase. Le flux et le reflux de la chance. Juste au moment où vous commencez à baigner dans un sentiment de sécurité factice, les étoiles viennent vous rappeler à l'ordre. Elles adorent chambouler les projets, les vies et les châteaux de cartes. Elles ne supportent pas la suffisance. Elles s'en prendront à vous dès que vous faites mine de vous reposer sur vos lauriers.

Pauvre Lewis, ça lui pendait au nez... Il rayonnait d'autosatisfaction. Le monde entier était un costume d'hippopotame dans lequel il se sentait à son aise.

Nous pensions que Popo partirait au bout de quelque temps. Contre toute attente, il fit un tabac. Lewis, qui lui en voulait de sa popularité, se montrait grossier envers lui et ouvertement hostile. Quand Popo jonglait avec des oranges, il en attrapait une au vol et s'éloignait d'un pas lourd, gâchant l'effet de Popo. Comme les enfants riaient en voyant l'hippopothomme remuer son derrière en direction du clown avant de lui tirer la langue !... Sous sa couche de maquillage, Popo prenait une mine abattue et ses yeux se voilaient. Nous avions de la peine pour lui mais n'osions pas braver Lewis en manifestant notre sympathie.

Lewis faisait tout pour saboter le travail de Popo. Mais c'était sans compter sur l'autre talent du clown. Reddy était un homme superstitieux : il consultait régulièrement horoscopes et voyants. Popo rongea son frein jusqu'au jour où il put prendre Reddy à part un moment. Il disparut dans son bureau et y resta plusieurs heures. Quand il en ressortit, il avait sur le visage une expression étrange. Ce soir-là, les étoiles décidèrent d'abandonner Lewis.

« C'est de sa faute, grommela Lewis, assis de l'autre côté de la table.

— Quoi ? » demandai-je, surpris alors que j'essayais d'avaler mon thé brûlant à toute vitesse. Dix minutes, c'était tout ce dont nous disposions pour boire une tasse de thé, fumer une cigarette et aller aux toilettes.

« Il a lu les lignes de la main à Reddy et maintenant cet imbécile n'en a que pour lui. Reddy affirme qu'en tant que mascotte du magasin, il faut qu'on m'éloigne de l'entrée. Il a dessiné des schémas bidon et maintenant il faut que j'attende ici qu'on m'attribue un nouvel emplacement. Ce minus ne sait pas à qui il a affaire. Mais il s'en rendra compte bientôt. » Lewis lança à la tasse de thé un regard noir, comme s'il s'agissait d'un Popo muni d'une anse.

Je retournai au jardin d'enfants et annonçai la nouvelle. A vrai dire, nous en avions tous assez de la tyrannie de Lewis. Voilà longtemps qu'il ne nous traitait plus en amis. C'était lui le roi et il ne ratait pas une occasion, en gestes ou en paroles, pour nous rappeler qu'un gouffre nous séparait.

« Tant mieux pour Popo, murmura Barbe-Bleue.

— D'après vous, qu'est-ce qu'il va faire ? demanda Humpty Dumpty.

— Connaissant Lewis, on peut être sûr qu'il ne laissera pas Popo en paix », dit Barbe-Bleue à voix basse, tout en défaisant sa robe de brocart et en soufflant sur sa poitrine pour se rafraîchir. C'était une de ces journées de beau temps où le soleil tapait sans répit, roussissant les feuilles sur les arbres.

« Chut ! murmura l'une des souris vertes. Elle vient par ici. »

Le Petit Chaperon rouge s'approchait de nous. Lewis et elle étaient proches. Elle allait parfois passer la nuit chez lui. Ici, au jardin d'enfants, elle le quittait rarement. Il leur arrivait de chanter en duo. Ce qui signifiait qu'il l'appréciait car sinon jamais il ne lui aurait cédé une miette de sa popularité.

« Salut ! souffla-t-elle quand elle fut près de nous. Vous avez vu Lewis ? »

Puis elle s'interrompit et resta bouche bée. Nous regardâmes dans la même direction qu'elle. L'hippopothomme était debout dans un coin de la véranda, presque invisible derrière un cornet géant de glace au chocolat en carton. Il se tenait là, guitare à la main, mâchoire entrouverte et langue pendante.

« Oh, mon Dieu ! s'exclama le Petit Chaperon rouge. Il doit mourir de chaud dans ce costume. Il n'y a pas un brin d'ombre dans ce coin. Mais pourquoi est-ce qu'il est là ? »

Nous nous lançâmes des regards abasourdis. C'était pire que ce que nous avions imaginé. Nous réalisâmes soudain que Popo n'était pas un simple clown qui se contentait de rire et de faire rire. Il comptait bel et bien prendre sa revanche, par tous les moyens.

Pendant une semaine, l'hippopothomme endura sa punition et l'humiliation qui lui était infligée. Il souffrit que les familles passent à côté de lui, remarquant à peine sa présence. Il serra les dents et les poings en voyant Popo prendre sa place. Pendant une semaine, sa fierté lui permit de tenir le coup.

Pendant la pause, il s'asseyait en silence, buvait son thé et mâchonnait une allumette jusqu'à ce qu'elle ne soit plus que pulpe. Il nous regardait à peine et ignorait même le Petit Chaperon rouge, comme s'il nous en voulait de ce qui lui arrivait. Je me demandais bien comment tout cela allait se terminer.

Puis un jour, alors que Popo était en train de déjeuner et mordait à petites bouchées dans un sandwich pour ne pas abîmer son maquillage, Lewis s'approcha et tendit la paume de sa main vers lui en grognant : « Paraît que tu lis les lignes de la main. Vas-y, lis la mienne. »

Tout en continuant de mâcher, Popo regarda Lewis dans les yeux sans ciller. Puis il répondit : « Et s'il te plaît, tu connais pas ? »

Nous retînmes notre souffle. Mais Lewis ne broncha pas. Il resta là, mâchonnant une autre allumette, l'air de réfléchir. « S'il te plaît, ajouta-t-il un long moment plus tard, comme à contrecœur. Veux-tu, s'il te plaît, regarder ma main ? »

Le sourire peint de Popo s'anima. Il s'essuya les mains et répondit : « Bien sûr. »

Nous soupirâmes, soulagés. Les choses finiraient peut-être par s'arranger. Peut-être notre vie ici reprendrait-elle son cours habituel.

Le clown observa la paume de l'hippopothomme. Il traça une ligne avec l'index et pressa la base du pouce. Il marmonna et appuya ses phalanges contre ses tempes.

« Tu préfères entendre la vérité ou des choses agréables ? » demanda Popo.

Lewis prit une inspiration : « La vérité.

— Bon, eh bien d'abord, tu as une main très inhabituelle. »

Cela enchanta Lewis. Il aimait à se considérer comme quelqu'un hors du commun.

« Ton destin est placé sous le signe de la célébrité. De la célébrité et de la prospérité. Tu ne manqueras jamais de rien dans la vie. Ça n'a pas toujours été le cas. A une époque, tu n'étais pas loin de toucher le fond. Tu vois cette configuration-là, ça veut dire que tu as traversé des épreuves. Je me trompe ? C'était pas comme ça, avant ? »

Le visage de Lewis passa par toutes les nuances de la surprise. Cet étranger mettait à nu sa vie. Il se pencha en avant avec fougue, la voix dégoulinant de complaisance. « Je ne sais pas comment tu fais, mais tout ce que tu as dit est la pure vérité. »

Bizarrement, je ressentais un profond malaise. Popo ne m'avait jamais lu les lignes de la main et je ne l'avais jamais vu faire auparavant. Il se fiait simplement à son jugement, manipulait la personne qu'il avait en face de lui et profitait de la confusion qu'il créait. Lewis était devenu une marionnette entre ses mains. Je venais à peine de me faire cette réflexion quand Lewis ajouta : « Mais tout ça, c'est du passé. Dis-m'en davantage. Parle-moi de l'avenir. »

Popo s'éclaircit la gorge. Il contempla la paume de la main de Lewis. « Ta ligne de chance est très prononcée. Tu vois cette ligne ? Elle représente ce que tu fais de ta vie. Et ta main est celle d'un gagnant.

« Mais tu vois cet enchevêtrement de lignes ici ? Ça indique une période difficile, un revers, la chance qui tourne. L'humiliation et la douleur.

Et une telle détresse que tu envisageras même de mettre fin à tes jours. »

Lewis retira sa main. « Je te crois pas. Tu me racontes des salades. »

Popo se leva et, s'adressant à toute la pièce, dit : « Voilà le problème. Les gens n'aiment pas qu'on leur dise la vérité. Je t'ai posé la question. Maintenant, si tu ne me crois pas, c'est ton problème. Demande-leur et ils te diront que je ne me trompe pas.

— J'en ai pas besoin, répliqua Lewis. A eux, tu leur as peut-être dit la vérité. Mais ça, continua-t-il avec un grand geste des bras, ce n'est qu'un tissu de mensonges. »

Popo haussa les épaules. « Très bien. Si c'est ce que tu veux croire. Mais je t'aurai prévenu. »

Le regard de Lewis était un lac bouillonnant d'acide sulfurique. « C'est toi qui joues avec ma vie. Pas le destin. Tu crois que je vois pas où tu veux en venir, espèce de salaud ? » dit posément Lewis.

La pièce resta silencieuse une fois qu'il fut parti. Son allure avait un certain panache. Estomac rentré, poitrine en avant, le dos droit, comme s'il s'apprêtait à se battre pour sa dignité.

Popo regarda autour de lui, essayant de jauger nos expressions. Puis il éclata de rire, comme pour détendre l'atmosphère avec l'humeur bon enfant qui le caractérisait. Seulement, cette fois, son rire sonnait faux et avait un accent de méchanceté.

« Qu'est-ce qui lui prend ? » demanda-t-il à la ronde.

Personne ne répondit. En cet instant, personne ne le trouvait très sympathique.

Lewis alla trouver Reddy. Il attendit devant la porte de son bureau et je lui tins compagnie. Je ne me sentais plus écartelé : je voulais que Lewis sache qu'il pouvait compter sur moi. Lewis me sourit : « C'est bizarre, ça me rappelle la première fois que je suis allé le voir. »

Comme d'ordinaire, Reddy était occupé. Alors qu'autrefois il n'aurait pas hésité une seconde à tout planter là pour l'hippopothomme, aujourd'hui son temps était compté.

« Alors, Lewis, comment ça va ? demanda Reddy, tout en feuilletant des documents.

— Ça ne va pas trop, monsieur », répondit calmement Lewis.

Reddy leva la tête, surpris. Il avait prévu des résistances mais pas une rébellion ouverte. « Et pourquoi donc ? » dit-il en fronçant les sourcils.

Pour la première fois, Lewis examina Reddy en détail. Un complet criard et trop de bijoux. Une eau de Cologne qui diffusait à des kilomètres à la ronde et un sourire trop blanc pour être honnête. Il décida qu'il ne donnerait pas à cet homme le droit de diriger sa vie.

« C'est à cause du nouvel emplacement que vous m'avez attribué, monsieur, commença Lewis.

— Qu'est-ce qui ne va pas ?

— D'abord, personne ne vient de ce côté-là. Ce qui veut dire que je ne travaille plus autant qu'avant. Et ensuite, il y fait beaucoup trop chaud pour rester debout toute la journée dans un hippocostume.

— C'est tout ? Je vais m'en occuper. Je dirai à quelqu'un d'installer un parasol.

— Bon, mais… et mes chansons ? » La voix de Lewis grimpa d'un ton sous l'effet de la frustration.

« Je ne sais pas ce que vous vous imaginez, Lewis, mais laissez-moi vous dire que mes clients viennent ici pour dépenser leur argent, pas pour vous écouter chanter. Il faut que vous vous mettiez une chose dans la tête. Vous êtes un simple accessoire ici. Une sorte de publicité vivante, qui parle et qui chante, rien de plus. » Le ton de Reddy était cassant. « Je vous ai donné cet emplacement dans mon intérêt et dans celui du magasin. C'est à prendre ou à laisser. Des musiciens au chômage et prêts à passer un hippocostume et à gratter quelques accords, je peux en trouver quand je veux. » Reddy se replongea dans le dossier ouvert devant lui et congédia Lewis en disant : « Excusez-moi maintenant, j'ai du travail. »

Le Petit Chaperon rouge trempa dans sa tasse de thé un biscuit qu'elle laissa fondre dans sa bouche. Alors que je répétais mon rôle de souris verte, elle s'adressa à moi d'un air pensif : « Lewis devrait être dans tous ses états, mais non. Et c'est ça qui m'inquiète. Tu crois que ça l'a un peu dérangé ? demanda-t-elle en tapant sa tempe du doigt.

— Qu'est-ce que tu veux dire ? demandai-je.

— Eh bien, il fait de la gymnastique. Il a une nouvelle coupe de cheveux et je l'ai vu s'entraîner à jongler. Une fois, je l'ai surpris en train de faire des grimaces dans le miroir. L'autre soir, il m'a demandé mon rouge à lèvres et il s'est dessiné d'immenses lèvres autour de la bouche et m'a parlé avec une drôle de voix… pas du tout sa voix grave et profonde. Il parlait comme ça… » Et elle imita une voix aiguë, claire, joyeuse. La voix d'un clown.

J'étais perplexe. Que préparait Lewis ? Son come-back en clown ?

C'est un vendredi soir, moment d'affluence, que Lewis saisit par les cornes son destin récalcitrant et parvint à le dompter.

L'hippopothomme grattait sa guitare d'un air morose. Personne ne faisait attention à lui. Tous les yeux étaient rivés sur Popo le clown, qui marchait sur des échasses et jonglait habilement avec des tasses. Quand il eut terminé son numéro, les enfants applaudirent à tout rompre. « Super les enfants ! s'écria-t-il. Vous allez aider votre maman à choisir vos jouets et je serai de retour en moins de deux. »

Quand il revint, le Petit Chaperon rouge était assis sur un rocher en fibre de verre et avalait du yaourt avec une moue. Il alla se mettre derrière elle et fit des grimaces. Même les adultes riaient. Puis il se mit à quatre pattes, écarta les bras et les jambes, et, imitant une araignée, s'approcha du Chaperon rouge. Elle poussa de petits cris de peur, comme le voulait le numéro, mais l'araignée ne s'éloigna pas.

Il s'approcha de plus en plus près, jusqu'à ce qu'elle se retrouve allongée sur le rocher. Les cris du Chaperon rouge retentissaient dans tout le magasin. Quand la langue du clown-araignée se faufila dans sa bouche, elle cessa de hurler pour laisser échapper un cri de surprise. Mais elle ne put en dire plus car la langue s'enfonçait dans sa bouche, dévorante, envahissante, la réduisant au silence. Et comme pour accompagner ses incursions hardies, la main du clown se glissa sous sa jupe.

Les enfants regardaient, hypnotisés. Les parents de même. L'espace d'un instant, même les mannequins en plastique tournèrent la tête pour voir le spectacle. Le charme fut rompu lorsque le Petit Chaperon rouge se remit à hurler. Le brouhaha enfla. Quand Reddy arriva pour connaître la cause de cet émoi, il eut droit à plusieurs versions confuses.

« Mais où est-il passé ? » demanda-t-il, lèvres serrées.

Quelqu'un répondit : « Il s'est éloigné comme si de rien n'était. Je crois qu'il est descendu. »

Quand Reddy entra dans la salle des employés, Popo le clown sirotait son thé. Reddy se tint dans l'embrasure, fixant Popo. Il parla d'un timbre métallique : « Vous avez exactement deux minutes pour débarrasser le plancher. Le règlement de votre dû vous sera envoyé par chèque. Allez, fichez le camp d'ici ! »

Popo le regarda, abasourdi, horrifié. « Mais, pourquoi ?

— Pourquoi ? aboya Reddy. Ils avaient raison dehors, vous ne vous laissez pas démonter… Si vous aviez envie d'embrasser le Chaperon rouge, il fallait attendre. Comment osez-vous mettre en péril la réputation de mon magasin ?

— Embrasser le Chaperon rouge ? répéta le clown.

— Sortez ! tonna Reddy. Je ne veux plus entendre vos excuses. »

Pensif, Reddy retourna à son bureau. Il n'allait pas être facile de faire oublier aux gens ce vilain spectacle. Il faudrait qu'il se réconcilie avec Lewis. Seul l'hippopothomme et sa magie pouvaient sauver la réputation du magasin.

L'hippopothomme enfila son costume pour la dernière fois. Il avait eu son utilité mais il était temps de passer à autre chose.

« Que puis-je dire pour vous faire changer d'avis ? dit Reddy, suppliant.

— Rien, répondit calmement Lewis. Vous m'avez dit que c'était à prendre ou à laisser. Je laisse. Mais j'ai une suggestion à faire malgré tout, si je peux me permettre. Il fera un bon hippopothomme, dit-il en me désignant de la main. Après tout, tout ce qu'il faut pour remplir un costume d'hippo, c'est une voix… » Et Lewis sourit en me faisant un clin d'œil complice. C'était sa façon de me remercier d'avoir participé à sa petite vengeance. Pendant que Lewis prenait sa place, je bavardais avec Popo le clown pour le retenir dans la salle du personnel.

Reddy avait l'air désolé. Soudain, tout s'effondrait autour de lui.

« Qu'est-ce que tu vas faire ? demandai-je.

— Je vais chanter toutes mes chansons préférées.

— Oui, mais je veux dire demain, à l'avenir. »

Lewis prit une profonde inspiration. « Je vais partir. Prendre des vacances, aller voir des ruines au clair de lune, barboter dans les vagues, faire une randonnée à dos de chameau. Tout ce que je n'ai pas eu l'occasion de faire par le passé.

— Et ensuite ? m'enquis-je, certain qu'il y avait autre chose.

— Ensuite, je vais enregistrer un disque. Et je serai Lewis. Pas une voix dans un costume d'hippo. »

Je contemplai le costume qui pendait, sans vie, dans la penderie. Puis soudain, j'eus l'impression d'un grand poids sur mes épaules. J'avais un royaume à gouverner. Des chansons à chanter. Un public à divertir. Je n'éprouvais aucune joie à cette perspective. Au contraire, j'avais l'impression qu'un piège se refermait sur moi.

VIENS DANS MES BRAS, MA BELLE

Il est assis, vêtu d'une tunique tie and dye, un collier de pépins de pommes autour du cou. De tout son être émane une aura « peace and love ». Il est assis là, plongé dans ses pensées, entouré de ses pots, de ses racines, de ses tubes, de ses herbes et de son chat noir à la langue framboise.

Il est assis là, accablé par le fardeau d'une lignée de découvreurs. Son grand-oncle savait transformer la boue en or. Son arrière-grand-père métamorphosait des princes en crapauds. Quant à son père, il érigeait des palais en un claquement de doigts.

Il est assis là, près de la cheminée, grattant le cou du chat noir, le regard perdu dans les flammes. Toute la journée, toute la nuit, il rumine l'idée que sa vie lui échappe.

Puis, sous le coup d'une impulsion, il bondit de son fauteuil à bascule et jette dans la marmite une poignée de cendres, une ration de sable et une douzaine de coquillages. Il place le récipient au-dessus du feu, pour faire dissoudre et bouillonner son contenu.

Il se rassied là, veillant les flammes qui dansent dans la cheminée.

Puis il se lève et s'approche de la marmite. Une canne en roseau à la main, il remue doucement la mixture et prélève une partie du mélange en fusion. Il porte la canne à ses lèvres et y souffle une étrange mélodie qui donnera forme à la masse incandescente.

Il souffle toute la nuit, et lorsque l'aurore commence à teinter le ciel, il détache l'amas de la canne et le dépose sur les charbons ardents du foyer. Alors il se couche sur son lit et observe le spectacle de la naissance du jour et de celle du verre.

Mais, sans qu'il s'en aperçoive, un petit bout de verre en forme de goutte de rosée s'échappe par la fenêtre et va se loger dans un cœur. Un coup de marteau ne parviendrait pas à le casser, mais si vous brisez sa pointe, il volera en éclats.

Bella n'est ni une reine, ni une impératrice. Bella n'est pas la femme d'un pêcheur qui devint impératrice avant de redevenir femme de pêcheur.

Bella est une princesse. Elle aime s'asseoir en haut de sa tour et peigner ses cheveux. Elle aime sentir les dents du peigne lui gratter le cuir chevelu. Elle aime entendre chanter sa chevelure.

Bella attend. Elle attend qu'un bruit de sabots résonne au pied de sa tour. Elle espère entendre les hennissements d'un étalon blanc qui s'ébroue. Bella attend le preux chevalier sur son blanc destrier. Elle attend que le chevalier la sauve des griffes du dragon. Elle attend qu'il lui prouve la ferveur de son amour pour elle. Elle attend, le cœur en bandoulière.

Les cheveux de Bella ressemblent aux cordes d'une harpe. Doit-on les appeler des harpies ?

Mi-femme, mi-filament monstrueux, chaque mèche a son histoire. Quand les dents du peigne les pincent, elles laissent échapper les notes des rêves de Bella.

Do… lente, elle rêve qu'il combattra pour elle les plus féroces démons. Ré… enroulant sans cesse une boucle autour de son doigt. Elle aimerait couper cette boucle et la lui offrir pour qu'il la porte près de son cœur. Mi… lle fois elle se dit qu'elle lui inspirera l'audace d'accomplir des exploits surhumains. Fa… stueux ! Sol… ennels ! La… plupart de ses rêves tournent autour de l'amour sans limite qu'il lui portera. Si… il doit venir un jour, elle est prête à l'attendre.

Bella a mélangé tous ses contes de fées. Elle est Boucles d'Or aux grands yeux émerveillés. Elle est le vilain petit canard devenu cygne. Elle est la Belle au Bois dormant et Raiponce aux longs cheveux. Bella est la reine des neiges dont les baisers sont plus froids que la glace.

Bella ressemble à la goutte de verre qui s'est logée dans son cœur. Elle est toujours en ébullition. Je peux, en soufflant, en modelant, en tissant ou en dessinant, lui faire prendre n'importe quelle forme, n'importe quelle texture, n'importe quelle humeur, mais je ne peux aller contre sa volonté.

Peut-être Bella voit-elle dans le verre une âme sœur. Elle a toujours été fascinée par cette matière. Je lui en ai acheté de toutes sortes : du verre coloré, du verre irisé, du verre opaque, du verre ciselé, du verre taillé, du verre opalescent, du verre incrusté de lumières. Mais jamais ces morceaux de silice et de sable n'ont eu à ses yeux de l'importance. Tout au plus les tenait-elle en main quelques instants, avant de m'embrasser docilement sur la bouche et de les poser sur la table la plus proche où elle les laissait se recouvrir d'une couche de poussière négligente. Jusqu'à ce que je les range dans la vitrine où s'étalaient les preuves de mon incapacité à vaincre son indifférence.

C'était celui-là qu'il te fallait. J'ai vu comment tu le cherchais du regard à chaque fois que nous rendions visite aux Fernandez. J'ai vu à quel point tu en avais envie. Et je me suis demandé ce qu'il avait de spécial.

C'était un vulgaire souvenir rapporté d'un bar américain. Un de ces verres à pied où on sert les cocktails et sur lesquels est écrit le nom du bar. Des reliques de vacances qui n'étaient pas les tiennes. C'est pourtant ce verre insignifiant que tu convoites tant.

Souviens-toi, je t'ai dit que je pouvais t'offrir le même. Je t'ai même promis de t'emmener là-bas un jour. Mais ça ne t'intéresse pas. Il te faut le verre des Fernandez et rien d'autre.

Ce verre est devenu un symbole que tu me renvoies à la face pour me dire : Prouve-le, prouve-le. Après tout, je suis digne d'un tel amour. Montre-moi à quel point tu m'aimes, rapporte-le-moi…

Ce soir, je suis le chevalier. Je suis le prince. Ce soir, je suis celui grâce à qui tout est bien qui finit bien. Regarde-moi, Bella. Je ne suis pas un héros de conte de fées. Mon torse n'a pas la largeur de l'univers. Je suis un homme ordinaire. Doté d'une capacité ordinaire à entreprendre et à réussir.

Tu ne pensais pas que j'en serais capable, n'est-ce pas ? Tu ne pensais pas que je jouerais ma réputation et, avec elle, tout ce que j'ai obtenu de haute lutte.

Tu es assise, occupée à enrouler une mèche de tes cheveux autour de ton doigt. Tu es assise, froide et indifférente. Tu es assise comme si rien de ce que je pouvais faire ou dire n'était susceptible de te sortir de ta torpeur. Tu es assise dans la voiture et tu attends.

Je suis au pied d'un mur d'un mètre cinquante recouvert de lierre. J'appuie mes mains gantées sur son rebord hérissé de pointes et je me hisse à la force de mes bras.

Voilà. J'ai escaladé le mur. Trois chiens patrouillent. J'attends qu'ils me reniflent. Ils me reconnaissent, pourtant ils grognent. Pour eux, j'ai préparé de la viande marinée dans un mélange de sirop contre la toux et de Valium en poudre. Imbéciles de clebs qui se laissent droguer si aisément… L'un d'eux va même jusqu'à me lécher la main.

Mes semelles en caoutchouc ne troublent pas le silence de la nuit. Je traverse la pelouse et me dirige vers la salle à manger. C'est facile. Plus tôt dans la soirée, lorsque nous sommes venus dîner, j'ai ouvert une fenêtre. Je l'escalade, me retrouve à l'intérieur où tout est familier. Il faut que je reprenne mon souffle. J'entre dans la salle à manger et m'assieds dans un fauteuil. Le verre est à l'étage, sur une étagère. Vingt-cinq marches nous séparent. Une marche pour chacune des années que nous avons passées ensemble.

Vingt-cinq ans et tu as toujours l'air d'attendre quelque chose, tu as toujours cette retenue, cette réserve, cette aura d'inaccessibilité.

Ça ne te suffit pas que j'aime chaque centimètre de toi. Ta poitrine plus très ferme, les commissures tombantes de tes lèvres, ton abdomen distendu, tes veines bleues, tes pattes d'oie, les rides à ton cou, tes cuisses flasques…

Ça ne te suffit pas, mon amour, n'est-ce pas ? Que je t'aie donné des enfants et que j'aie rempli de lait ta poitrine. Ça ne suffit pas que je me sois réveillé la nuit pour changer les couches et préparer les biberons, ou que j'aie attendu en les berçant que les enfants se rendorment tandis que tu sommeillais, la chevelure répandue sur la blancheur de l'oreiller.

Ça ne suffit pas, ma chère Bella, que pendant toutes les années que nous avons passées ensemble, je n'aie jamais eu envie d'une autre ? Cela ne comptait pas à tes yeux, n'est-ce pas, que chaque soir je me précipite à la maison pour être avec toi ? Ou que je n'aie jamais voulu être ailleurs qu'avec toi ?

Tu es assise dans la voiture, moteur éteint, les yeux fermés. Ta chevelure ondule. De si beaux cheveux. De si beaux yeux. Mais ils ne sont pas pour moi, n'est-ce pas, ma belle ?

Vingt-cinq ans passés à me réveiller avant toi pour te préparer ta tasse de thé, afin que tu démarres la journée d'un bon pied. Vingt-cinq ans à te laisser lire le journal avant moi. Vingt-cinq ans à voir ton regard partir dans le vague et errer au loin pendant que je te serrais dans mes bras. Vingt-cinq ans à croire qu'il fallait que tu jouisses avant moi. Vingt-cinq ans de considération et d'affection.

Mais ça ne te suffit pas, n'est-ce pas ?

Je gravis les marches lentement, l'une après l'autre, sans me presser.

Je prends le verre et le mets dans le sac doublé de velours que j'ai apporté. Je le remplace par une petite grenouille en verre. Les Fernandez penseront peut-être qu'un lutin est venu leur rendre visite. Peut-être ne remarqueront-ils rien. En sortant de la maison, je suis envahi d'une étrange joie qui vibre dans mes veines.

Car ce soir, je suis le chevalier qui se bat contre bien plus que des moulins à vent. Ce soir, je briserai la carapace de verre qui te protège. Ce soir, tu seras à moi, corps et âme. Ce soir, ma princesse, une page se tourne. Ce soir, mon amour, les draps, dans leur désordre, porteront une autre empreinte que celle d'une nuit de sommeil.

UNE PRIÈRE POUR SAX

C'était par une moite nuit de velours, où l'obscurité perlait à grosses gouttes, maculant de longues traînées d'ombre tout ce qui osait troubler sa trame. Un murmure monocorde s'éleva. Un éclat d'argent. Un éclair de vie. Qui osait s'aventurer par une nuit où seuls les démons sont de sortie ?

Grisés par la liberté, les démons bondirent dans les airs, poussant des hurlements. Ils déchargeaient le trop-plein de tension dû à la frustration accumulée, à l'interdiction qui leur était faite de parcourir le monde à leur guise. Leur souffle devint un brouillard qui enveloppa la terre à la recherche d'une victime. Ils disposaient d'une seule soirée pour faire ce qui leur chantait : semer la terreur, prendre une vie, répandre la désolation… Demain, il leur faudrait réintégrer leur prison fangeuse ensevelie six pieds sous terre. La chasse était ouverte. Lorsque le murmure creva la brume, ils flairèrent l'odeur du sang.

Le murmure devint gémissement. Au secours. Je n'y vois rien. Les démons éclatèrent de rire, déchirant l'atmosphère d'un éclair de joie qui laissa retomber en pluie drue une brume de salive. Cours, cours, mon petit, voyons un peu jusqu'où tu iras.

Sentant obscurément qu'elle avait mis en branle des forces implacables qu'il eût mieux valu laisser en paix, la créature pâle et éthérée tenta de battre en retraite. Elle chercha un refuge lui permettant d'échapper aux griffes des mains géantes qui surgissaient, menaçantes, à l'horizon.

Se mettant en travers du chemin que la phalène argentée avait emprunté, les démons se figèrent, dressés, monstrueux, cerclés d'une auréole bleutée, chacune de leurs expirations laissant échapper un brouillard tourbillonnant. La nuit était le filet qu'ils avaient choisi de tendre.

La phalène argentée voleta en cercles, cherchant une issue, et comme si elle savait d'avance qu'il n'y en avait pas, elle se laissa choir à l'endroit où vint la cueillir l'obscurité, fidèle serviteur des démons.

Loin de là, sur un radar, un voyant rouge clignota puis s'éteignit.

La voix de l'astrologue résonne à travers la pièce, va se cogner au plafond puis reste en suspens. La lumière tremblote, hésitante. Elle peint des ombres sur les murs, maculant les photographies qui y sont accrochées. Je vois le visage de mon fils se ternir et je me sens envahie d'un étrange malaise. J'essaie de me convaincre que tout cela ne veut rien dire, qu'il perçoit ma vulnérabilité et en joue.

Je sais ce que les gens disent en voyant cette grande maison. « Comment font-ils pour vivre là, seuls ? se chuchotent-ils à l'oreille. Comme deux âmes en peine… »

Mes amis ont pitié de moi quand ils traversent ces pièces vides. Ils font semblant de s'intéresser aux photographies, omniprésentes. « La pauvre ! Elle essaie de combler sa solitude par des souvenirs. » Voilà ce que je lis dans leurs yeux.

C'est vrai, mon fils : tu me manques, tu sais. Parfois, tu me manques tellement que je sens ta présence à mes côtés. C'est une sensation étrange. Il me semble que tu es dans la même pièce et que tu supplies : « Ne me laisse pas ! Serre-moi fort ! »

Mon enfant adoré, comment pourrais-je t'abandonner ? Ne vois-tu donc pas à quel point je vis dans ton souvenir ?

Regarde, sur celle-là tu avais deux ans. A-t-on jamais vu un enfant comme toi ? Cheveux d'ange, regard d'ange, sourire angélique, tu traversais la maison comme un rayon de soleil et ton rire en cascade déferlait telle une vague. Mes parents disaient que j'étais une mère bien peu patiente. Est-ce que tu le pensais, toi aussi ? Ils avaient été horrifiés en voyant le collier et la laisse. Plus tard, quand tu as grandi, c'était le sujet de conversation favori lors des réunions de famille : comment je t'attachais à la fenêtre quand j'étais occupée à la cuisine. Ils ne savaient rien de l'angoisse qui m'étreignait quand je te laissais seul, fût-ce un instant. Au moins, de cette façon, je te savais en sécurité. Tu n'échappais pas à ma surveillance même lorsque j'avais les mains prises. Le soir, je caressais ta cheville pour faire disparaître l'empreinte de la courroie de cuir. Je t'embrassais le front jusqu'à ce que tu t'endormes. Je me sentais alors délaissée car, là où tu étais parti, je ne pouvais pas te suivre.

Là, tu as six ans. Nous avions pris cette photo pour l'envoyer à ma sœur. C'était en pleine journée. Je t'avais fait mettre ton pyjama, j'avais ébouriffé tes cheveux et t'avais demandé de te coucher. Quand je suis revenue avec l'appareil, tu avais déjà plongé dans le sommeil. Je t'ai laissé dormir et j'ai pris la photo. Quand tu t'es réveillé, tu m'as appelée en hurlant : « Mamour ! »

Mamour. Comme j'aime ce nom. C'était notre petit nom à tous les deux. Ce jour-là, toute la journée, j'ai eu le cœur en fête. Je n'étais pas simplement « maman », comme tout le monde. J'étais Mamour.

Celle-là, je la déteste. Je ne supportais pas que, soudain, tu sembles avoir de moins en moins besoin de moi. Chaque fois que je la regarde, je te devine, prêt à t'enfuir, le visage contracté par la concentration, le regard scrutant l'horizon. La corde de la balançoire, oscillant sur la branche du vieux manguier, était tendue. Je te regardais, le cœur battant, te balancer de plus en plus haut et j'entendais le craquement sinistre de la branche qui protestait lorsque la corde mordait dans l'écorce. Puis, quand la balançoire ne pouvait aller plus haut, tu la faisais se courber jusqu'à ce qu'elle s'arque et aille s'enfoncer dans les lianes du poivrier. La balançoire s'écrasait dans les fourrés, brisant la quiétude de l'après-midi, tandis que tu sautais en t'écriant : « Atterrissage forcé ! »

L'atmosphère s'emplissait de l'arôme des feuilles de poivrier écrasées tandis que les oiseaux criaient de terreur, jaillissant des branches comme des chauves-souris surgies de l'enfer. Tous les ans, nous retournions à la vieille demeure familiale où le manguier nous attendait, fiancé malveillant. L'année du décès de ma mère, je l'ai fait abattre.

Sur celle-là, tu es avec ton père, presque aussi grand que lui. Tu es fier d'être son fils, et tu rayonnes d'amour pour lui. Je reste Mamour, la mère que tu soulèves dans tes bras quand tu l'étreins, mais c'est maintenant papa qui façonne tes rêves.

En voilà une autre avec lui. Tu le dévisages, l'air sérieux, le menton posé sur les mains. Papa t'a raconté sa vie ; comment il avait choisi de partir naviguer sur le plus vieux des rafiots, simplement parce qu'il serait mieux payé ; comment, s'il avait été lâche, il n'aurait pu réaliser son rêve. Et j'ai eu peur en voyant s'allumer une étincelle dans ton regard. Cela semblait si facile en l'écoutant. Il suffit d'oser…

Ce jour-là, j'avais envie de te serrer tout contre moi et de te supplier : « Ne l'écoute pas, mon fils », mais je ravalais mes mots. Tu n'étais plus le bébé de Mamour mais déjà un petit homme, le fils de son papa.

Sax, est-ce seulement un nom ou est-ce celui que tu es devenu ? Parfois, j'ai l'impression qu'il s'agit plutôt d'une créature qui s'est insinuée en toi et a pris possession de ton âme, ne te laissant en paix que lorsque tu t'élèves dans le ciel. Tes épaules sont larges, tes sourcils sont d'épaisses chenilles. Sur la photo de ta remise de diplôme, tu as déjà l'air d'un adulte. Pourtant, quand tu souris malicieusement et m'appelles Mamour, je discerne les vestiges du petit garçon que tu as été.

Sax. J'ai appris à t'appeler par ce nom car c'était ce que tu voulais. Quand on change de pays, il faut changer de nom, as-tu dit. J'ai répondu que Sax me rappelait Icare à qui de petites ailes avaient poussé sur les épaules alors même qu'il parcourait la terre et caressait des rêves inaccessibles aux mortels. Mais tu t'es contenté de rire et de répondre qu'Icare n'était qu'un imbécile avec des ailes de cire, alors que toi, tu avais l'intelligence de compter sur le meilleur alliage. Et je me suis laissé rassurer par ta force. Sur cette photo, tu ressembles à un jeune aigle qui vient de découvrir que s'il le veut, le ciel lui appartient.

La première fois que j'ai ajouté celle-là aux autres, mes amis m'ont fait remarquer le décalage. « Que vient faire une carte postale au milieu de toutes ces photos de famille ? » J'ai souri et je leur ai montré l'ombre de l'automobile garée sous un arbre. Nous avons pris ta voiture en photo le jour où tu m'as emmenée faire mon baptême de l'air. Quand j'ai senti le sol s'éloigner, j'ai frissonné en me disant que c'était à cela que devait ressembler la mort : l'estomac qui se noue, l'air qui siffle dans les oreilles, une sorte de néant. Des sensations qui faisaient partie de ton quotidien. Puis, quand j'ai senti l'euphorie qui émanait de toi, un gros chagrin m'a envahie. Un gouffre séparait déjà nos univers.

Cet étranger, ce beau parleur, ce n'est pas toi, c'est ce Sax. Quelle est la différence entre l'avidité et l'ambition ? Quand tu m'as montré ce parc au beau milieu duquel s'élevait une résidence aux murs gris en disant : « Un jour, j'aurai une maison comme celle-là », j'ai souri car mon petit garçon parlait comme un homme. Puis, quand tu as dit : « Je veux être un des hommes les plus riches du monde », j'ai eu un coup au cœur.

« Oh ! je sais ce que tu penses, as-tu poursuivi. Nous avons assez d'argent. Mais j'en veux encore plus. Je veux être si riche que personne n'osera jamais rien me refuser. Un jour, je reviendrai en Inde et je ferai pleurer de dépit tous ceux qui ont fait souffrir mon père. »

Je me suis tue. Que pouvais-je répondre à cela ? Je ne voulais pas paraître lâche. J'avais peur que tu cesses de me respecter. Je me suis donc contentée d'émettre un grognement résigné et de contempler la campagne de Virginie.

Celle-là, où tu es dans ta voiture, je la montrais en plaisantant : « Mon fils est comme un escargot. Il porte sa maison sur son dos. »

Quand j'ai vu pour la première fois ta voiture où s'entassaient tes livres, tes dossiers, ta musique, ton beau costume dans sa housse en plastique et des cartons remplis de Dieu sait quoi, je n'en ai pas cru mes yeux. Puis je me suis emportée contre ton père. Comment peux-tu être aussi exigeant envers lui ? hurlais-je intérieurement.

Sur cette photo, il y a une étrangère. Elle a le visage auréolé de cheveux châtains et un teint de porcelaine. Un soir, tu m'as appelée pour me dire que tu étais amoureux. Tu voulais que je l'annonce à ton père. « S'il te plaît, Mamour !

m'as-tu dit. Elle est la femme que tu voulais me voir épouser », as-tu ajouté comme si cela suffirait à me convaincre sur-le-champ. Que savais-tu de ce que je voulais pour toi ?

« Regarde la photo que je t'ai envoyée. On va si bien ensemble. » Je voulais te demander comment tu pouvais en être aussi sûr. Les photographies n'ont pas de profondeur. Elles n'ont qu'un brillant de surface. Es-tu amoureux d'elle parce qu'elle t'arrive au niveau des oreilles et que la douceur de sa peau met en valeur tes traits taillés à la serpe ? Ce genre de chose se dit de vive voix et non au téléphone quand la ligne est mauvaise. Je t'ai répondu doucement : « Tu es sûr de toi ? Tout ce que je souhaite, c'est ton bonheur. »

Celle-ci, je ne peux pas la regarder sans avoir les larmes aux yeux. J'aurais dû y être moi aussi. Cela faisait tellement longtemps que j'en rêvais. Le collier, un bijou de famille, que j'aurais offert à ta future femme pour lui souhaiter la bienvenue parmi nous. Je le lui aurais passé autour du cou, en aurais attaché le fermoir, difficile à manier, puis je lui aurais fait faire demi-tour, aurais pris son menton dans la main en disant : « Maintenant, j'ai une fille. » Mais tu as choisi de te marier dans la précipitation. Que craignais-tu ? Que nous ne soyons pas d'accord ? Que nous te fassions du chantage affectif ? Mon fils, tu nous connais bien mal !

Elle porte le pull-over rouge et noir que je t'ai tricoté. Vous êtes tous les deux côte à côte, joue contre joue, main dans la main. Vous semblez heureux. Mais est-ce là un bonheur fait pour durer ? Est-ce qu'elle cuisine le poisson comme tu l'aimes ? Est-ce qu'elle te passe du talc dans le dos ? Est-ce qu'elle te rappelle de mettre de la crème quand la peau de ton visage se dessèche ? Est-ce qu'elle t'attend quand tu rentres tard le soir ? Est-ce qu'elle te serre dans ses bras quand tu fais un cauchemar ?

Celle-là me fait tout particulièrement chaud au cœur. C'est une photo de l'endroit que tu m'as réservé chez toi, dans ta vie. Tu es malin, hein ? Tu savais à quel point j'en voudrais à ta femme si je me sentais reléguée au second plan. Alors tu as trouvé la solution avec cette chambre, sa moquette et ses draps assortis. « C'est ta chambre, m'as-tu dit. Je veux que tu saches que tu es la bienvenue chez moi à tout moment. Je t'aimerai toujours, Mamour. »

Cette nuit-là, j'étais couchée sur le lit que tu m'avais acheté et j'ai su que tu étais devenu un homme et que tu ne serais plus jamais mon petit garçon.

Tu vois cet emplacement vide : c'est pour la photo de mon premier petit-enfant. Quand tu m'as appelée la nuit dernière pour me dire que tu allais être père, mon cœur a fait un bond.

J'allais te retrouver tel que tu étais, vingt-huit ans auparavant.

La voix de l'astrologue est venue s'immiscer dans mes pensées. « La lampe, disait-il. Regardez, on dirait qu'elle fuit.

— Mais non, ai-je répondu.

— Alors pourquoi l'huile se répand-elle ? Vous savez ce que ça veut dire, n'est-ce pas ? Une âme quitte son corps. La flamme vacille. Le souffle s'épuise.

— Qu'est-ce que vous racontez ?

— Rien. Les présages ne me disent rien qui vaille, c'est tout. Même le ciel prévoit des larmes. Il est gris et couvert. Il y a de l'orage dans l'air. Pourquoi a-t-on l'impression d'être six pieds sous terre ?

— Vous me faites peur », ai-je murmuré. L'anxiété se déroulait en moi comme un serpent.

« Là n'est pas mon intention, a-t-il répondu avec calme. Seulement, nous sommes la veille de la nuit la plus obscure de l'année. C'est le moment que les esprits en colère qui ne trouvent pas le repos choisissent pour émerger. Ce sont des âmes en peine, des créatures vicieuses qui cherchent à tourmenter et harceler autrui pour se sentir moins seules dans leur douleur. Avec un malin plaisir, elles portent leur choix sur des victimes qui ne sont pas prêtes à mourir. Des hommes dans la fleur de l'âge, des femmes enceintes, des enfants pleins de promesses… voilà leurs proies de prédilection. Car elles savent que ce sont là des âmes qui rechignent à quitter leur enveloppe terrestre et donc se joindront à elles dans leurs errances. Vous n'avez aucune raison d'être affectée par cela, si ce n'est que votre horoscope indique pour ce soir un changement de phase. »

L'astrologue a rangé son tableau et ses cauris. Quand il s'est levé, j'ai glissé dans sa main un billet de cent roupies.

« Je ne peux pas, a-t-il répondu en laissant l'argent sur la table.

— Ne vous inquiétez pas. Vous n'avez pas à vous sentir coupable. Vous faites votre métier. C'est à moi de l'accepter. Et puis mon fils vient de téléphoner pour m'annoncer que sa femme était enceinte. C'est peut-être cela, le changement de phase.

— Je l'espère. Je reviendrai pour dresser l'horoscope de l'enfant et vous me paierez à ce moment-là. » Il s'est arrêté, hésitant. « Demandez à votre mari et à votre fils d'être prudents. » Son regard était sombre mais j'ai choisi de ne pas y prêter attention.

Debout sur le seuil, je l'ai regardé se diriger vers le portail. J'appellerai mon fils sans tarder et lui demanderai de ne pas piloter pendant deux ou trois semaines. J'irai faire quelques offrandes au temple. Nous veillerons sur lui, Dieu et moi. D'ailleurs, pourquoi croire qu'il s'agit de lui ? C'est peut-être moi. Ou son père.

C'est alors que le téléphone a sonné…

Dépêche du *Roanoke Herald* :

Tard la nuit dernière, un avion postal s'est écrasé dans les Catskill. L'appareil, qui a eu son aile droite arrachée sous l'impact, n'a souffert d'aucun autre dommage matériel. Toutefois, Sax Sekharan, jeune pilote d'origine indienne, est mort dans l'accident. Les autorités ont écarté l'hypothèse d'un problème technique. Selon nos sources, l'enquête sur les causes de l'accident se poursuit.

UN CONTE DE THANKSGIVING

La dinde de Thanksgiving, comme toute volaille rôtie, était posée sur le dos. Avec ses jambes rondes aux énormes cuisses dressées immobiles vers le ciel, elle ressemblait à un lutteur de sumo terrassé par la défaite. Sa poitrine luisait, dodue et gonflée par de longs jours de gavage. Son cou, autrefois relié à une gorge de dinde qui gloussait, avalait et gargouillait, reposait désormais dans un sac-poubelle noir. Le restant de ce cou était distendu, farci et attaché – tel un pénis mou dans un slip.

On avait émietté du pain, fait fondre du beurre, braisé des oignons, ajouté de la viande hachée, parsemé d'herbes aromatiques… Farcir la volaille avant de la mettre au four. Une fois rôtie, l'installer dans un plat et se munir d'un couteau à découper. Au moment où la lame s'approche de la viande, demander à la ronde : « Qui veut du blanc ? L'aile ou la cuisse ? Avec un peu de farce bien sûr, elle est délicieuse. »

Est-ce que nous n'oublions pas quelque chose ? Après tout, la volaille est un symbole et la valeur des symboles réside dans le sang versé en leur nom. Donc : écraser des canneberges et verser le liquide ainsi obtenu dans un plat en verre, afin de tremper les morceaux de viande dans ce jus rouge.

La reine des volailles est coupée en morceaux. « Surtout, servez-vous à volonté, sinon il va nous en rester jusqu'à Pâques ! » Les autres sujets de la ferme attendent, dans leurs plats et leurs terrines, qu'on daigne leur prêter attention.

Le jambon de Virginie caramélisé, doré, parfumé, succulent. Extase garantie en une bouchée… Les pois un peu groggy barbotant dans une mare d'épinards.

Les patates douces, qui, il y a peu, étaient enterrées dans un nid douillet de terreau et nourries à l'engrais biologique, ont été arrachées à leur terre nourricière et transportées en camion jusqu'au supermarché, où on a fait place à leurs formes rondes et trapues, non loin de la prétentieuse aubergine et de l'ingrédient de base de tout ragoût qui se respecte, la carotte. La patate n'est jamais la reine, toujours la suivante. Pourtant, elles ont trouvé une certaine satisfaction dans la certitude que leur heure de gloire viendrait un jour.

Mais quel est donc cet étrange assortiment qui se cache entre le gâteau aux carottes et la tarte à la citrouille ?

Deux bols et une petite assiette… Du riz aux grains gonflés et brillants comme des perles de culture, des raisins secs étincelant comme des grenats. Un nuage de parfum de curry flotte, neutralisant les offrandes des pèlerins. Des petits oignons macèrent dans le vinaigre pimenté – leur aigreur est sereine car ils savent qu'ils ne seront jamais croqués, mâchés, avalés, digérés et rejetés dans le néant.

La poitrine de la dinde se soulève dans un grondement, un murmure qui parcourt la table, jusqu'aux douceurs – gâteau et tarte – qui sifflent : « Qu'est-ce que ça vient faire sur *notre* table ? »

Sarah fit quelque chose de méprisable. Elle s'assit près de sa fenêtre qui donnait sur les eaux immobiles et glacées de l'Hudson et appela Mike. Il n'y avait que quelqu'un de désespérément seul pour se rendre coupable d'un tel acte le dernier mercredi soir de novembre.

Le téléphone retentit à travers sept pièces et cinq étages. Yvonne, qui regardait la télévision dans sa cuisine tout en émiettant du pain de maïs pour sa farce, jeta un regard las sur le téléphone.

Il ne pouvait y avoir qu'une seule raison à un coup de fil une veille de Thanksgiving…

Mike, qui était dans la salle à manger du deuxième étage, attendit. Il était en train de vérifier si le monte-plats fonctionnait et savait ce qu'Yvonne penserait en entendant sonner le téléphone ce soir-là.

« Allô ! dit-il.

— Allô, Mike ? » répondit une voix tremblotante. Il eut un serrement de cœur. Sarah. Sarah, vieille et seule. Sarah qui autrefois habitait le même immeuble. Sarah qui s'accrochait au passé dans cette ville de flux et de mouvement où les voisins n'étaient pas des amis que l'on trimballait le restant de ses jours. On était à Manhattan : les feux clignotaient, les compteurs tournaient et on échappait à son passé par un simple déménagement.

« Allô, Mike ? » demanda à nouveau la voix.

Il s'efforça de prendre un ton enjoué, de débiter quelques amabilités. Il l'entendit dire de sa voix tremblante : « Oh non, je n'ai rien de prévu pour demain. Je vais sûrement me faire frire un morceau de poulet et j'ai de la gelée de dimanche pour le dessert. »

Il pensa à la magnificence de sa table. Aux restes qui allaient s'empiler dans le réfrigérateur. Aux plats auxquels même les chiens refuseraient de goûter au bout d'une semaine. Il pensa au gaspillage de cette bénédiction divine. Et il s'entendit prononcer les mots qu'Yvonne redoutait : il ouvrit à Sarah les portes de sa maison et la convia à partager l'abondance de son repas.

Il savait qu'Yvonne trouverait Sarah pitoyable. Il savait aussi ce qui avait poussé Sarah à l'appeler.

Parfois le cœur l'emporte sur la raison, dissipe la fierté et pousse à faire d'étranges choses. Parfois, il autorisait sa raison à rendre hommage à son cœur fantasque.

Yvonne devinait son humeur au bruit de ses pas : leur frottement léger quand il était tout excité, leur sourd martèlement quand il était en colère, les pas traînants quand il était blessé, hésitants quand il n'était pas sûr de lui…

Un, deux, trois, compta-t-elle en l'entendant descendre l'escalier de bois. Il fit une pause, elle attendit.

Parfois, elle se disait qu'elle le connaissait par cœur. Vingt ans auparavant, elle l'avait pris en main. Il portait des rouflaquettes et des pantalons pattes d'ef. Quant à sa syntaxe, elle laissait singulièrement à désirer. Il adorait les gadgets, les cravates aux couleurs voyantes, les babioles en plastique et les séries télé. Elle avait façonné ses goûts, lui avait appris à porter des vêtements de marque et à utiliser des articles devant les noms. Elle avait fait de lui l'homme qu'il était devenu.

Mais il y avait une chose qu'elle n'avait pas essayé de changer. C'étaient ses visites en Inde. Tous les trois ou quatre ans, il partait. Jamais elle ne l'en empêchait. Elle n'avait aucune crainte qu'il disparaisse de sa vie car elle savait qu'il rentrait rempli d'un désir renouvelé pour elle et pour les promesses que recelait leur vie commune. Telle était la puissance du sortilège qu'elle avait lancé, sortilège dont les ingrédients étaient du jus d'orange frais, des billets verts et le sésame qu'offrait la possession d'un passeport américain.

Elle épongea la volaille à l'aide d'un essuie-tout. Ses mains potelées travaillaient seules... D'ailleurs il avait totalement adopté le mode de vie américain. Il aimait les steaks saignants, les pommes de terre sautées et les glaçons dans son vin. Il voulait une dinde pour Thanksgiving, un sapin pour Noël et un barbecue le week-end du Labor Day.

Elle entreprit de brider la dinde, faisant passer la ficelle en travers de la poitrine jusqu'à la base du cou. Il l'observa depuis la porte donnant sur la cuisine qu'il avait retapée un été. Il avait arraché le linoléum et l'affreux papier peint vert dont les précédents occupants – un couple de lesbiennes – avaient tapissé les murs de cette maison de briques rouges centenaire.

Il la regarda faire passer la ficelle par-dessus les ailes puis sous la volaille, d'un côté puis de l'autre, jusqu'à ce que les pilons soient attachés ensemble.

Il se vit soudain prisonnier de ces nœuds et fut submergé d'une vague de sympathie pour la pauvre volaille. Il sentait le pinceau l'enduire de graisse, la chaleur du four l'envahir, sa peau se mettre à crépiter.

Elle attendait qu'il lui dise qui avait appelé.

Tous les ans, ils établissaient ensemble la liste des invités pour le dîner de Thanksgiving, ajoutant et retranchant des noms pour arriver à la combinaison idéale de voix, de styles et de professions.

D'abord, il y avait la famille d'Yvonne. Trudie, sa sœur, qui travaillait depuis plus de dix ans dans un supermarché de Philadelphie. Elle aimait préparer des gâteaux, se faisait toujours du souci pour ses enfants et ne comprenait pas d'où venait le talent d'Yvonne. Car il n'y avait jamais eu personne de très doué dans la famille.

Chet, le gros et gras, pâle et mielleux Chet, représentant chez Xerox et qui évacuait ses frustrations en faisant l'amour à Trudie.

Junior était le fruit de cette cohabitation singulière et de ces fornications répétées. Accro aux Simpsons, aux Wrigleys et à la collection de *Playboy* de son père, il déambulait dans la vie sur des Nike Air. *Just do it*, comme dans la pub.

Voilà pour la famille d'Yvonne. Ils se voyaient une fois par an. Le reste du temps, la vie passait trop vite pour qu'ils restent en contact. Parfois, en plein milieu d'un pot-pourri de tubes des années soixante, soixante-dix, quatre-vingt et quatre-vingt-dix, l'autoradio se faisait soudain le champion des liens familiaux : *Faites le choix de laisser parler votre voix et votre cœur. Nous sommes tous connectés grâce aux Téléphones new-yorkais.*

Parfois Yvonne se laissait convaincre. Délaissant un instant son activité de créatrice de tee-shirts et de tricots pour boutiques chic, elle appelait Trudie. D'autres fois, elle caressait de la main ses créations et composait le numéro d'un acheteur au Texas.

Mais revenons aux invités qui n'ont pas encore été présentés et qui mordent à belles dents dans les samosas que Mike a rapportés de l'épicerie indienne. Petits beignets fourrés aux épices, aux pommes de terre et aux petits pois, que Mike a fait dorer et posés sur un lit de salade.

Regardez qui est là ! Costa. Vous ne vous souvenez pas de lui ? Il était là l'année dernière. Il est peintre, vous savez…

Costa, cheveux gris ébouriffés et allure débraillée, arborait un sourire embarrassé. Prestations compensatoires et pensions alimentaires avaient rogné ses revenus. Il vivait dans un appartement à loyer modéré et s'obstinait à peindre ses divinités torturées. Il était accompagné de Nisha. Le jour, elle faisait le tour des galeries d'art pour essayer de vendre ses toiles. La nuit, elle caressait de sa langue son scrotum fatigué, passait ses doigts dans sa chevelure grisonnante pour essayer d'insuffler un peu de vie à son inspiration faiblissante. Et pour éviter toute contestation au moment de l'héritage – car Costa avait tout de même soixante-treize ans –, elle baisait également son fils. Elle le chevauchait en faisant rouler sa poitrine et en poussant des cris d'oiseau de proie. Elle le tenait à sa merci, vidé de tout pouvoir.

Regardez bien Nisha. Regardez-la couler un œil vers Gowri. Pauvre Gowri, victime du mal du pays, avec ses bindis adhésifs et ses saris de soie imprimée. Comme les mangues et les après-midi d'été torrides lui manquaient ! En rentrant de l'hôpital de La Guardia où elle était médecin, il lui arrivait souvent d'acheter une boîte de fruits du jacquier et de les préparer comme l'aurait fait sa mère : avec de la noix de coco et du cumin moulu, des piments rouges et des graines de moutarde frites. Mais elle n'arrivait jamais à retrouver le goût de là-bas.

Ce n'était pas un problème pour Divakaran, son mari. Il s'en sortait bien, il gagnait convenablement sa vie. En Inde, ça n'aurait pas été possible. Il y avait un accord tacite entre Mike et lui : ils ne se trahiraient pas. Aussi longtemps qu'en Inde leurs familles respectives recevraient régulièrement des photos de voitures neuves, de Central Park en été et des gratte-ciel de Manhattan, personne ne se douterait de rien.

Yvonne tenait beaucoup à ce que les amis indiens de Mike soient là. A quoi bon créer un vide inutile dans sa vie ? Un vide qui, de plus, pouvait avoir des conséquences regrettables...

Du reste, elle avait ses propres invités. Stephen, mi-thaï, mi-allemand, une vedette chez les antiquaires. Roland, un militant noir. Et Kathy, qui travaillait pour CBS.

C'est dans cette pièce où chaque invité avait été trié sur le volet que Sarah pénétra, fausse note dans cette ambiance aux lumières tamisées où se mêlaient les effluves de pot-pourri, de fleurs coupées et de grandes bougies en véritable cire d'abeille.

Sarah s'extasiait, parlait trop, faisait des moulinets avec ses bras et de grands gestes incontrôlés. Elle pouffait, battait des cils. En l'espace de quelques minutes, elle avait fait tomber son sac, ses lunettes, et c'était maintenant le tour de ses bas.

Yvonne contempla les petits tas de nylon autour des chevilles chétives de Sarah et elle eut honte, pour elle-même, pour ses invités et pour cette femme victime d'une jarretière mal fixée. La bonne humeur dans laquelle l'avaient plongée quelques verres de Moët et Chandon se dissipa pour laisser place à une colère féroce.

Comme elle s'approchait d'elle pour l'aider, le geste méprisable de Sarah lui revint à la mémoire.

De longues minutes plus tard, en collants neufs couleur chair, Sarah s'asseyait, un sourire scotché aux lèvres. Elle tourna la tête à droite puis à gauche et but une gorgée de sa vodka tonic.

Mike avait décoré le bâtonnet pour remuer d'une cerise et accroché une rondelle de citron au bord du verre garni de sel avant de lui tendre la boisson. Mike était gentil, d'une gentillesse naturelle. La conversation glissait sur elle, l'entourait de toutes parts sans l'inclure. Apparemment, personne n'avait rien à lui dire.

C'était toujours pareil : où qu'elle soit, elle n'arrivait pas à s'intégrer. Puis elle eut l'impression que sa maman adorée était assise près d'elle, le duvet de sa lèvre supérieure frémissant d'indignation devant cette humiliation manifeste, et lui murmurait à l'oreille : « Ne sois pas triste, ma chérie. Tout ça, c'est parce que tu es quelqu'un d'unique. Mais si tu veux perdre ton temps avec cette bande de bons à rien, vas-y, à toi de faire un effort. »

Elle n'avait jamais rechigné à faire le premier pas. C'était ainsi que Jacob était devenu son mari. Mais Jacob était mort et les jours se succéderaient, à nouveau longs et déserts, tant qu'elle ne ferait pas d'effort.

Elle fit tinter les glaçons dans son verre. Il était presque vide. Elle avait déjà tout bu, et l'estomac vide encore ! Elle se sentait bien. Elle fit à nouveau tinter les glaçons, cherchant à croiser des regards curieux, puis annonça à la cantonade : « J'ai été agressée il y a deux semaines. »

« Vous savez, j'ai été agressée il y a deux semaines », répéta-t-elle.

La conversation, qui battait son plein, marqua un temps d'arrêt. Les regards et les têtes se tournèrent vers cette victime d'une agression qui avait survécu pour en témoigner. Ils s'approchèrent, tout ouïe.

L'attention soudaine monta à la tête de Sarah. Elle vida son verre, le posa, s'éclaircit la gorge et, mains sur les cuisses, raconta son histoire avec le sang-froid et l'éloquence de quelqu'un qui l'a déjà fait maintes fois.

« Il était quatre heures de l'après-midi. Je rentrais d'Odd Lot sur la 50e Rue. Je me dirigeais vers Shelter Station, sur la 8e, et je fredonnais tout bas quand j'ai senti qu'on essayait de m'arracher mon sac à main. Au lieu de lâcher prise, j'ai serré plus fort et tiré le sac vers moi. Et là, je suis tombée face contre terre dans le caniveau. » Sarah marqua une pause. Elle savait qu'il était important de s'interrompre quand on racontait une histoire. Peut-être qu'à l'époque, il y avait à redire dans les programmes d'éducation mais au moins ils vous apprenaient à vous exprimer. Quelqu'un, elle ne remarqua pas qui, peut-être Mike, lui servit un nouveau verre. Elle en but une gorgée puis continua : « Je suis restée à terre en me disant que j'étais en train de rêver. Au bout d'un moment, quelqu'un m'a aidée à me relever. C'était le gardien d'un entrepôt voisin. Il avait même couru après le voleur pour essayer de l'attraper.

— C'est tout ? » demanda quelqu'un, d'un ton déçu. Où étaient le sang, le coup de couteau, l'agresseur patibulaire, le suspense digne d'un épisode de *NYPD Blue* ?

« Non, ce n'est pas tout. » Sarah haussa la voix. « La police est arrivée, suivie de l'ambulance. Un enquêteur m'a accompagnée à l'hôpital : je pouvais à peine marcher. Je me sentais meurtrie.

— Vous voulez dire que vous étiez sous le choc. Après tout, il ne vous a rien fait, insista Kathy, son naturel de reporter prenant le dessus.

— Sous le choc, meurtrie, contusionnée… Peu importe les mots, ma jolie, quand vous venez de vous faire agresser, répondit Sarah froidement.

— Allons, Sarah, vous exagérez comme d'habitude ! Et puis Kathy a raison ; l'agresseur ne vous a même pas menacée, coupa Yvonne.

— Comment ça, j'exagère ! Je suis couverte de bleus. Je ne peux même pas mettre mon soutien-gorge normalement. Il faut que je l'agrafe par-devant puis que je le tourne.

— Très intéressant... » marmonna Trudie, qui commençait à s'ennuyer. Gowri se tourna vers Stephen, et Nisha, prenant Costa par le bras, s'éloigna.

Sarah vit du coin de l'œil son public s'éparpiller, jusqu'au moment où il ne resta plus que Mike. Elle se sentit soudain abandonnée et se rapprocha de lui. Mike avait été témoin de l'humiliation que ses invités venaient de faire subir à Sarah et il avait de la peine pour elle.

Yvonne, qui était en train de parler à Divakaran, regarda par-dessus son verre et vit Mike passer le bras autour des épaules de Sarah. Elle sentit son cœur prendre la consistance d'un cœur de laitue. Jamais Mike ne l'avait vue se montrer vulnérable. Elle était la plus forte, la plus solide. Autrefois elle portait des minijupes et ses cheveux lui arrivaient à la taille. Il l'avait trouvée sexy mais jamais fragile.

Elle redressa les épaules, trempa son cœur de laitue dans de l'acier et se dirigea vers Sarah au moment où Mike s'éloignait pour aller servir un verre à quelqu'un. De sa voix la plus glacée, elle dit : « C'était une horrible anecdote. Pas des plus appropriée pour raconter à un repas. J'espère que ça n'a coupé l'appétit à personne. »

Sarah voulut protester. D'abord, on lui avait dit qu'elle exagérait et maintenant qu'elle n'avait pas de manières. Elle décida de se taire. A quoi bon ?

Elle sentit le désespoir l'envahir. Pourquoi s'était-elle incrustée ici ? Elle n'était pas la bienvenue. On ne voulait pas d'elle, pas même Mike. Il ne l'avait invitée que par pitié. Ses mâchoires lui faisaient mal à force de serrer les dents pour ne pas éclater en sanglots, pour ne pas s'écrier : « Pardon, je me sentais si seule ! »

Elle avait manqué de dignité et le payait.

On coupa la dinde. Mike sentit l'acier pénétrer dans ses muscles et sectionner ses tendons. On garnit les assiettes, arrosa de sauce. On attaqua des plats à la présentation élaborée. On avait rendu grâce et demandé miséricorde : place aux nourritures terrestres et au diable les régimes.

Mike contempla les restes déchiquetés de la dinde et se demanda s'il n'avait pas un côté cannibale. Se délecter d'une créature avec laquelle il avait senti tant d'affinités. Comment pouvait-il manger sans remords cet alter ego ?

Entre deux bouchées, Chet se curait les dents.

Muette, Sarah, qui avait perdu tout entrain, picorait dans son assiette. Personne ne faisait attention à elle. Elle n'était plus qu'une ombre invisible.

On servit le café, le gâteau, puis ce fut l'heure de partir. De la porte de la cuisine, Sarah regarda Trudie et Gowri occupées à faire la vaisselle. Elle aurait aimé participer. Elle aurait aimé plonger les bras jusqu'au coude dans de l'eau chaude et graisseuse. Frotter les assiettes jusqu'à ce qu'elles brillent avant de les sécher et de les poser sur l'égouttoir. Elle aurait aimé faire partie de la Communauté de l'Evier. Mais non, Yvonne avait décliné son offre. Elles étaient déjà trop nombreuses, Sarah ne pourrait qu'embarrasser. Et puis Mike avait appelé un taxi.

Elle attendit, reléguée aux marges de la soirée. Quand le taxi arriva, Mike l'accompagna et, comme par défi, embrassa tristement sa joue grise et parcheminée.

Lorsque le taxi tourna pour prendre Broadway, Sarah, visage dans les mains, se mit à pleurer. Le chauffeur fit semblant de ne se rendre compte de rien. Il transportait tant d'hommes et de femmes tous les jours. Certains parlaient seuls, d'autres lisaient, d'autres enfin pleuraient. Il n'avait pas l'énergie de s'impliquer dans leurs vies.

Sarah pleura jusqu'à la 70e Rue et dans l'ascenseur. Elle pleurait encore quand elle se passa de la crème hydratante. Ses larmes s'écoulaient d'un lac glacé appelé solitude.

Les restes étaient enveloppés dans de l'aluminium, les plats couverts de film étirable, les cendriers vidés, les verres lavés, les assiettes séchées. Tout était calme et net.

Le couple gravit les escaliers de cette maison qu'ils avaient achetée ensemble. Au fil des années, les humeurs avaient été mises au diapason, les énergies régulées, les cycles de sommeil ajustés, et leur vie suivait maintenant un rythme de synchronisation minutieuse.

Allongés dans le lit, épaule contre épaule, leurs pensées revinrent sur la soirée. Pour Yvonne, elle était en partie gâchée. Pour Mike, elle résumait l'avenir morne et désolant que lui réservait la vie d'ici vingt ans, dans ce pays où il n'y avait pas de place pour les gens seuls et âgés.

« Chérie, murmura-t-il, si on n'invitait personne pour Thanksgiving l'année prochaine ?

— Pourquoi ? » demanda-t-elle.

Comme il se taisait, sa colère remonta à la surface. « Je ne lui ai rien dit. Bon, c'est vrai que je l'ai rembarrée une fois ou deux, mais elle l'a cherché.

— C'est le problème, dit doucement Mike. Tu ne lui as rien dit. Tu as fait comme si elle n'existait pas. Tu l'as ignorée et tu n'aurais pas dû.

— Tu ne voulais pas que je l'accueille à bras ouverts après ce qu'elle a fait, non ? Et ses bas qui ne tenaient pas… Pourquoi cst-ce qu'elle ne porte pas des collants comme tout le monde ? Tu ne peux pas la laisser nous gâcher Thanksgiving. Je croyais que ça comptait pour toi… »

Il sentit qu'elle lui tournait le dos. Elle avait raison, comme toujours. Mais la désolation qu'il avait lue dans le regard de Sarah lui déchirait encore le cœur. Elle avait figé ses traits en un masque où seuls ses yeux brillaient, tels des lacs sombres dans un désert crayeux. Pourrait-elle leur pardonner un jour ?

Il savait qu'Yvonne, elle, ne lui pardonnerait pas. Elle n'avait pas aimé voir en face à quoi ressemblait la vie quand on avait soixante-dix-huit ans, qu'on était seul et qu'on dépendait des allocations. Yvonne avait horreur des aveux de faiblesse et voilà que Sarah avait ouvertement avoué sa solitude. Yvonne préférait porter des œillères. Elle préférait ne voir que ce qui l'arrangeait. Et Sarah avait essayé de lui arracher ses œillères.

Mike fixa le plafond. Il voyait des images sans suite, de rêves caressés il y a des siècles, des rêves d'enfants et d'une maison avec un jardin… des souvenirs d'une mère dont le foyer était toujours accueillant et qui lui avait appris à aller vers les autres… d'une époque où il n'était que Madhavan et pas Mike…

Les ronflements réguliers le ramenèrent à la réalité. Il n'y avait plus de place dans sa vie pour ces vertus désuètes. Il ferma les yeux et tenta d'oublier son cœur affligé. Dans le monde où il avait choisi de vivre, se souvenir était un péché.

Sarah retourna dans son salon et alluma des bougies. Shabbat venait tout juste de commencer. La soirée s'ouvrait devant elle, vide. Elle n'avait rien à faire. Elle allait dire ses prières du souvenir et demander miséricorde.

Vingt-quatre noms de personnes qui n'étaient plus, et quatre-vingt-neuf de personnes qui la connaissaient et qui, pensait-elle, tenaient à elle. Elle prit le temps, à chaque nom, de se souvenir du rôle de cette personne dans sa vie.

Puis Sarah à nouveau commit un acte méprisable. Elle abandonna.

Elle alla dans la salle de bains et ferma la porte. Elle remplit la baignoire, s'entailla les poignets avec une vieille lame de rasoir et plongea ses mains flétries dans l'eau tourbillonnante, jouant un ultime tour à la Grande Faucheuse.

Sarah échappa à ses tentacules noirs. Et les bougies continuèrent de brûler jusqu'à l'aube du lendemain de Thanksgiving.

SOUS LE SIGNE DE MERCURE

Avec le temps : jeune femme d'origine indienne, 34 ans, cultivée, bonne situation, 1 m 55, mince, dynamique, spontanée, pleine d'énergie, excellente cuisinière, croyant aux extraterrestres, cherche à lier amitié avec femme 36-45 ans, affectueuse, bien dans son cœur et dans sa tête. Sens de l'humour, aimant les sorties au restaurant. Important : croyant aux extraterrestres, en leur existence et leur influence. Courrier/Photo/Téléphone : NYM L9OZY.

Il s'empressa de tourner la page car il ne voulait pas qu'elle le surprenne en train de lire les petites annonces. Il replaça le magazine sur la pile soigneusement disposée pour mettre en valeur la diversité de ses intérêts : *Art & Antiquities*, *Omni*, *Vogue*, *Food and Wine* et, au sommet, un exemplaire du *New York Magazine* datant de deux mois. Il examina la pièce du regard : le papier peint choisi avec goût, l'abondance de plantes vertes, le bocal avec deux gros poissons rouges, les coussins moelleux et le tapis où les pieds s'enfonçaient jusqu'aux chevilles.

Il ôta ses chaussures, garda ses chaussettes et étira ses orteils. La route avait été longue, et sur le chemin du retour, il devrait sans doute s'arrêter dans un motel. Sauf si elle poussait l'hospitalité jusqu'à lui offrir un lit pour la nuit.

« Je vous sers un verre ? demanda-t-elle.

— Volontiers. Je peux vous aider ? dit-il, s'empressant de se lever.

— Merci, je m'en occupe. Qu'est-ce que vous voulez ? J'ai du Bacardi, du vin ou du cognac », dit-elle en s'approchant d'un pas décidé pour s'interposer entre le minibar et lui.

Le croyait-elle incapable de se servir un verre sans en renverser ? Le minibar renfermait-il quelque chose qu'elle ne voulait pas qu'il voie ? Il pensa à son père qui réservait son scotch à ses meilleurs amis et servait du whisky ordinaire aux simples connaissances et collègues. Il en aurait volontiers bu un, de scotch. Sec avec des glaçons. Un régal pour le palais… Et le tintement des glaçons dans le verre… Une symphonie. « Je veux bien du vin, dit-il.

— Blanc ou rouge ? » Ses syllabes se firent à nouveau traînantes. Elle pouvait passer pour une Américaine. Cet accent parfait serait un formidable atout lorsqu'ils recevraient des associés étrangers chez eux.

« Comme vous voulez », répondit-il, soucieux de faire bonne impression.

Le vin avait un goût aigre. Il avala la gorgée qu'il avait en bouche et chercha du regard les cacahuètes qu'il aimait bien grignoter en buvant un verre. Il ne les trouva pas. En guise d'amuse-gueules, il y avait des canapés. Il les regarda d'un air soupçonneux et décida de les ignorer.

« Alors, vous faites quoi comme boulot ? lança-t-il, tout en essayant d'ouvrir son paquet de cigarettes.

— Si vous pouviez ne pas fumer ici. » Un caftan de soie rouille et orangée apparut dans son champ de vision. « Et, par pitié, n'utilisez pas le mot boulot. On dirait que vous parlez d'une chaîne de montage dans un atelier de Taiwan, privé de lumière et d'air frais ! Moi j'ai un métier et je l'adore. Je suis styliste. Vous savez ce que c'est ? »

Il eut très envie de la gifler. De faire disparaître d'un revers de la main l'expression arrogante de son visage. Salope, pour qui tu te prends ? « Bien sûr, répondit-il sèchement en remettant le paquet de cigarettes dans sa poche.

— Ah bon ? dit-elle d'un air surpris. L'industrie de la mode est tellement en retard en Inde que je ne pensais pas que vous connaissiez. »

Il lui lança un regard venimeux. « Je ne sais pas ce qui vous fait croire que tous les Indiens sont retardés ! Vous n'avez quand même pas tout oublié de l'Inde en quatorze ans passés à l'étranger ? Je vous signale que l'Indien moyen est plus cultivé que son homologue américain, répondit-il avec humeur.

— Je ne voulais pas vous froisser ! » Elle avait l'air confuse. Et l'espace d'un instant, oubliant la tension qui imprégnait l'atmosphère, il fut traversé d'un fulgurant désir de l'attirer sur ses genoux et d'effacer par des caresses la blessure de son regard. Elle était si frêle ; les fines mèches de cheveux qui encadraient son visage lui donnaient l'air d'une petite fille.

« Vous êtes aux Etats-Unis pour combien de temps ? » demanda-t-elle.

Il devina qu'elle faisait des efforts d'amabilité. Pourquoi le détestait-elle à ce point ? Il n'était pas stupide et, à peine arrivé, il avait bien senti que sa présence était indésirable. Pourtant, il n'avait pas débarqué sans prévenir. La décision avait été prise en commun par leurs familles respectives. Leurs horoscopes s'accordaient, l'écart d'âge n'était pas trop grand et « si vous vous plaisez, on s'occupera de tout », avaient dit leurs parents. « Allez la voir la prochaine fois que vous passez par les Etats-Unis et tenez-nous au courant », avait ajouté son oncle à elle. Aussi, quand il l'avait appelée, elle l'avait invité à Manhattan. « Je vous préparerai à dîner », avait-elle proposé.

Il s'était réjoui d'avance mais quand il avait rappelé pour confirmer la date, elle avait fait preuve d'assez peu d'enthousiasme. Et ce soir, depuis qu'il était arrivé, elle oscillait entre froideur, réserve et agressivité chicanière.

Quand il était petit, il y avait une de ses grand-tantes qui le déroutait par son comportement lunatique. Un jour, elle avait tout d'une bonne fée. Le lendemain, elle se transformait en une méchante sorcière. Un autre jour, en un sphinx au visage impénétrable. « Ne prête pas attention à ses humeurs, Gautam, l'avait consolé sa mère. Il ne faut pas lui en vouloir. C'est une vieille fille et les vieilles filles sont des êtres humains très frustrés. Quand elle devient grincheuse, ignore-la. Quand elle verra que tu ne t'occupes pas d'elle, elle se radoucira. »

Elle avait trente-quatre ans et n'était pas mariée. Il faudra sans doute que je me montre patient avec elle, se dit-il. Il lui sourit, dans l'espoir de dissiper le malaise des minutes qui venaient de s'écouler. « Je reste encore huit semaines, répondit-il calmement.

— J'espère que vous aimez la cuisine italienne, dit-elle.

— Je ne suis pas difficile. J'aime toutes les sortes de cuisines », répondit-il avec empressement. Ses parents tenaient tant à cette union…

Lorsqu'elle se leva, le tissu de son vêtement lui aplatit la poitrine. Il regretta qu'elle n'ait pas mis quelque chose d'un peu plus moulant. Le caftan cachait peut-être une silhouette de bonbonne. L'habitude traditionnelle en Inde d'aller « voir la fille » avait du bon. Au moins, la fille en question mettait généralement un sari de soie qui révélait la courbe de sa taille, soulignait ses hanches fécondes et laissait deviner la générosité de sa poitrine. Mieux valait voir la marchandise avant de se décider…

Sur le long trajet qui l'avait conduit chez elle, il s'était imaginé leur soirée : bougies, effluves de roses, et elle dans une petite robe noire. Ce serait le coup de foudre réciproque. Il avait passé en revue les sujets de conversation qui l'éblouiraient et les rapprocheraient pour la vie.

Et voilà qu'il devait se plier en quatre pour lui plaire. Et même ça ne semblait pas suffire.

« Vous saviez que l'équivalent d'une cuillerée à café d'étoile à neutron pèse autant que l'univers entier ? dit-elle en versant dans sa poêle de l'huile d'olive d'une bouteille aux courbes voluptueuses.

— Je vois que l'astronomie vous intéresse, Malini », dit-il en goûtant la saveur des syllabes de son prénom sur ses lèvres. Il aimait bien sentir sa langue qui plongeait dans sa bouche avant de revenir cogner contre ses dents, deux fois : Ma-li-ni.

Il regarda par le télescope installé sur le minuscule balcon qui donnait sur l'Hudson.

« Ah ! vous avez trouvé mon télescope. Je l'utilise pour saluer mon père. »

Il se redressa, trop surpris pour répondre. Elle lui tournait le dos. Faisait-elle exprès de se montrer bizarre ? Il décida de faire comme si de rien n'était. « Et que fait votre père dans le ciel ? »

Elle rit, d'un rire gai, comme du cristal. « Vous êtes en train de vous dire que je suis complètement folle ou alors que je fais bien semblant ! »

Il rougit. « Mais pas du tout, dit-il. J'étais simplement curieux, Ma-li-ni. » *Plouf-toc-toc.*

Elle arrêta de nettoyer la laitue et dit d'un air pensif : « J'étais à ses côtés. Il était mourant. Cela durait depuis des jours. Ce soir-là, il m'a paru plus fragile que jamais et fort en même temps. Comme s'il avait fait la paix avec lui-même. Il m'a pris la main dans la sienne en disant : “Ma chérie, ne pense jamais que ton papa t'a abandonnée. Je serai toujours là. Tu pourras me voir, en train de veiller sur toi.”

« Comme je ne voulais pas qu'il me voie pleurer, je me suis approchée de la fenêtre. Elle était ouverte. Et soudain, j'ai vu une lumière orange s'élever verticalement dans le ciel nocturne, où elle est restée plusieurs minutes.

« J'ai entendu mon père murmurer mon nom mais j'étais tellement sidérée par ce spectacle que je n'y ai pas fait attention. Et sous mes yeux, la boule de lumière a suivi un tracé horizontal dans le ciel avant de disparaître à l'horizon.

« Quand je me suis retournée, mon père était mort. Est-ce que vous avez entendu parler de la technologie interdimensionnelle ? C'est ce qui s'est passé. Mon père est passé d'une dimension à une autre.

— Vous êtes en train de me dire que votre père s'est transformé en étoile ? » Il faillit éclater de rire devant l'absurdité de ce qu'elle racontait. Elle était vraiment cinglée.

« Non, j'ai dit qu'il était passé d'une dimension à une autre. Que croyez-vous que l'on veuille dire quand on dit que l'âme de quelqu'un est aux cieux ? De toute façon, votre opinion là-dessus m'importe peu. Je sais que je peux voir mon père quand je veux. Il est toujours là, à l'horizon, et il me fait signe, rétorqua-t-elle.

— Bientôt vous allez me dire que vous croyez aux soucoupes volantes et aux petits hommes verts », dit-il en ricanant.

Elle remua la salade avec rage et répondit d'un ton cassant : « Près de trois millions d'Américains disent avoir vécu une expérience du troisième type. Ce ne sont tout de même pas tous des affabulateurs ! »

Il contempla le mouvement ascendant puis descendant des morceaux de tomates, des rondelles de concombres, des anneaux d'oignons, des olives dénoyautées et des cerneaux de noix, le tout luisant d'huile. Il sentait le parfum de l'ail et de l'origan. Et aussi du basilic. On nageait en plein délire. Il imagina l'expression qui se peindrait sur le visage de sa mère quand il lui dirait : « Ta future belle-fille est aussi une adoratrice du basilic sacré. Sauf qu'elle le conserve dans un pot en céramique et s'en sert pour mettre en valeur le goût de la vache sacrée, préalablement tuée et coupée en petits morceaux. »

L'entreprise était vouée à l'échec. Il aurait aimé avoir le courage de se lever et de partir. Mais il pensait à la voix tremblotante de sa mère, qui avait traversé les continents et les océans pour arriver jusqu'à son oreille. « Cela fait longtemps qu'elle vit seule, mon fils. Il lui faudra du temps pour se faire à l'idée de partager sa vie avec quelqu'un. Sois calme et patient. Tu sais combien ce mariage est important pour les affaires de la famille. Et puis tu vas épouser une femme belle, intelligente et riche. »

Quand elle s'était arrêtée de parler, il avait d'abord cru que c'était le décalage horaire qui lui donnait ce ton prudent dans le choix de ses mots. Mais il avait su, en entendant la suite, qu'elle avait réfléchi avant de formuler sa phrase. « Mais ça ne veut pas dire que tu doives te contenter d'un produit de seconde main, avait-elle dit.

— Maman ! s'était-il exclamé, je ne peux tout de même pas lui demander si elle est vierge !

— Bien sûr que non ! » avait-elle répondu, horrifiée. Toute référence au sexe était bannie dans leur famille, plutôt traditionnelle. « Je n'ai pas dit cela. Ce que je veux dire, c'est qu'il faut simplement que tu ouvres les yeux et que tu essaies de voir s'il n'y a pas d'homme dans sa vie. »

Comme je regrette de ne pas être tombé amoureux de la fille d'à côté ! se dit-il tristement. J'aurais évité ce genre de complication. Mais il était là et il savait que s'il ne saisissait pas sa chance, il le regretterait toute sa vie. Ma-li-ni.

Il acquiesça donc docilement à ce qu'il savait être une idée grotesque : l'existence de pères-étoiles et de soucoupes volantes. « Je suppose que trois millions d'Américains ne peuvent se tromper. »

Il remonta sa braguette, se lava les mains et les essuya à une serviette rose pâle. Il admira les éléments de la salle de bains et, à la manière d'un détective professionnel qui se concentre sur son objectif, il ouvrit le placard d'un geste théâtral.

Des brosses à dents de réserve. Du Tylénol. Un kit de secourisme. Des tampons. De la crème dépilatoire. Des masques pour le visage. Et un rasoir, qu'il renifla. Il sentait légèrement le savon. La même odeur que celui qui était dans le porte-savon. S'était-elle rasé les jambes dans la journée ? Ou son petit ami l'avait-il oublié là ?

Il examina les boîtes de médicaments. Prenait-elle la pilule ? Rien ici qui l'indique. Cela dit, elle pouvait se servir d'un diaphragme, pensa-t-il, dépité. « Vous cherchez quelque chose ? » demanda sa voix par la porte de la salle de bains.

Quand il sortit, il la trouva qui attendait à l'extérieur. « Est-ce que vous êtes vierge ? » demanda-t-il.

Un éclair de colère illumina son regard. « Vous savez que vous ne manquez pas de culot ! » Elle le dévisageait, l'air de ne pas en croire ses oreilles.

Il se vit revêtir une expression entêtée. « Est-ce que vous êtes vierge ? insista-t-il. En Inde, je n'aurais pas à demander cela, mais… » Il haussa les épaules, à l'américaine, comme il avait appris à le faire au cours de ces dernières semaines. C'était un geste auquel il aimait avoir recours. Non seulement il avait tout un éventail de significations, mais il se sentait très américain en l'utilisant, maître de la situation. « ... Votre cas est différent. »

Elle le regarda d'un air pensif. « Peut-être », répondit-elle calmement avant de s'éloigner, le laissant démêler la signification de ces mots.

Quel genre de réponse était-ce donc ? Peut-être... Comment pouvait-on « peut-être » être vierge ?

Les flammes des grandes bougies vacillaient. Dans la pièce flottait un parfum d'épices, de muguet et de cire fondue. Elle avait dressé la table avec une nappe blanc cassé, des assiettes en grès et des couverts en métal poli. Il y avait une bouteille de vin et des verres étincelants. Depuis le salon, les notes discrètes d'un violon leur parvenaient. Peu importait qu'elle soit vierge ou pas, se dit-il, tant qu'elle tenait la maison de cette manière.

Lorsqu'il entendit la clé tourner dans la serrure, il sentit son estomac tomber dans ses chevilles. Elle avait donc un petit ami ? Juste au moment où il était saisi d'un élan de générosité et d'indulgence…

Bottes noires. Jeans noirs. Veste en cuir noir. Etait-ce un casque de moto qu'il ou elle avait dans les mains ? Abasourdi, il dévisagea la créature élancée. Il la vit ôter sa veste et secouer une longue chevelure blonde. Soulagé, il poussa un soupir. Il sourit mais elle l'ignora et se dirigea vers Malini. Les deux femmes s'embrassèrent.

Il eut soudain l'impression d'être un intrus, témoin involontaire d'un instant d'intimité. Elles étaient si bien assorties : la grande blonde et la petite brune. Main dans la main. Joue contre joue.

« Voici ma compagne et colocataire, Ingrid Clark. » Malini la lui présenta d'une voix soudain calme et comblée.

Elle était consciente de l'effet provoqué mais continua, comme si elle se délectait de son embarras : « Gautam ne croit pas à l'activité extraterrestre. Essaie de le faire changer d'avis, dit-elle en caressant la joue d'Ingrid.

— Je n'ai pas dit que je n'y croyais pas », commença-t-il avant de renoncer lorsque Ingrid déposa sur ses genoux un livre et plusieurs fascicules. *L'Invasion silencieuse. Le Paranormal parmi nous. Rencontres du troisième type, la véritable histoire*... Il fit semblant de les feuilleter en essayant d'écouter les chuchotements qui venaient de la cuisine. Lorsqu'il jeta un œil, elles étaient dans les bras l'une de l'autre.

Ils mangèrent en silence, sans faire d'effort particulier pour avoir une conversation. Une fois le repas terminé, il refusa le café, disant qu'il avait de la route à faire et qu'il valait mieux qu'il parte tout de suite.

Personne ne parla de se revoir. Elle ne lui proposa pas de passer la nuit chez elle. Sur l'autoroute, il réalisa avec une joie cruelle qu'il avait oublié d'offrir d'aider à faire la vaisselle alors que c'était ce qu'on attendait de lui, à l'américaine. Mais je n'ai pas été élevé comme ça, se dit-il tout haut. Roulant dans la nuit, il formula dans sa tête la lettre qu'il écrirait à sa famille et dans laquelle il leur dirait exactement ce qu'il savait d'elle.

Si c'était une planète, commença-t-il, *ce serait Mercure. Petite, impétueuse et très excentrique. Elle a quelque chose qui attire un homme au premier regard, jusqu'à ce qu'on réalise qu'il est impossible de vivre avec elle. Dans son univers suffocant, un homme n'a pas sa place. Il mourrait d'étouffement.*

C'était une lettre cinglante et malveillante. Il avait trouvé là le moyen idéal de se venger de l'humiliation qu'elle lui avait fait subir.

Deux jours avant son retour en Inde, il reçut un paquet par FedEx. Surpris, il déchira l'emballage avec impatience et y trouva une boîte de chocolats et un message manuscrit sur papier parfumé.

Merci d'avoir parlé à ma famille. Je n'aurais jamais eu le courage de le faire. Ils vont enfin me ficher la paix. Merci.

Il froissa le mot et le jeta. L'espace d'un instant, il eut envie de faire la même chose avec la boîte de chocolats. Mais visiblement c'étaient des chocolats de marque. Et il n'avait toujours pas acheté de cadeau pour sa mère. Il savait qu'elle les apprécierait.

MITOLOGIE

Il est facile de m'écarter d'un revers de la main, comme une créature insignifiante. Oui, cher ami, vous aussi vous rendez coupable de cette faute. A la vérité, la plupart des gens préfèrent croire qu'ils savent tout de moi, que tout ce qui me concerne a été noté, retranscrit et publié. D'ailleurs, je ne suis pas particulièrement original : plutôt trapu, de couleur terne, couleur de bois sombre qui me permet de me fondre dans les ombres brunes ; je recherche le réconfort des lainages et des livres poussiéreux et moisis. Je mène l'existence sans surprise de tout mortel : naissance, croissance, maturité, recherche de partenaire, procréation ; j'ai bien nourri quelques idées de suicide avant de laisser au temps ou au hasard la charge de décider de ma fin… Voilà pourquoi je crois que le moment est venu de vous livrer mon histoire. Enfin… ce que j'en sais.

Tout d'abord, quelques rappels historiques. Ce n'est pas comme si, un matin, je m'étais réveillé après une nuit agitée pour découvrir que je m'étais transformé en insecte géant. Au contraire, c'est un laboratoire qui a produit, involontairement reconnaissons-le, le puzzle biologique que je suis. Dans ce monde d'hybridations et de clonages, je ne sais pas si c'est la queue d'un chromosome Y ou le bras d'un chromosome X qui en est responsable, toujours est-il que je suis devenu une mite à l'allure de phalène, piégée dans une véritable usine à gaz de sentiments anthropomorphiques. Quant à savoir si je suis doté d'un chromosome X, d'un chromosome Y ou d'aucun chromosome du tout, c'est une autre affaire…

Les phalènes peuvent parcourir la moitié du globe sur les traces irrésistibles de la phéromone émise par la phalène femelle. Mon ancêtre n'a pas fait exception à la règle. Si ce n'est que, lassé de pourchasser les effluves diffusés par des boules artificielles qui se révélaient autant de mirages – un peu comme de tirer à blanc dans une poupée gonflable, si vous voyez ce que je veux dire –, il décida de se lancer à la recherche d'une phéromone certes insignifiante mais bien réelle. Un peu comme le roi Arthur en quête du Saint-Graal, la Coupe, le Vase, le Réceptacle. Il portait en lui, sans le savoir, un élément chimique qui tenta de fusionner avec son code génétique et finit par trouver chez moi un terrain d'accueil. Tout cela n'est que pure spéculation mais je n'ai d'autre choix que d'élaborer des hypothèses sur ce qui a fait de moi ce que je suis.

Je naquis et, comme Bhisma dans le *Mahabharata*, condamné à la vie éternelle jusqu'à ce qu'il choisisse de mourir, cela fait longtemps que je suis sur cette terre. La science moderne, même si elle a créé des monstres tels que Dolly, la naphtaline et les déodorants, a ses avantages, et au premier chef, la télévision. Ce qui explique pourquoi, pour une mite, j'ai un véritable sens du mythe…

Les mites ne vivent pas longtemps. Moi si. Je me demande bien pourquoi et, alors que le temps semble m'avoir oublié, on dirait qu'autour de moi tout change tandis que je reste imperméable au passage des années.

Parfois, j'observe mes congénères qui, attirés par la lumière, s'y précipitent. Puis je les vois, réduits à un corps sans vie, les ailes brûlées par la flamme. Comme la gloire est éphémère ! Je me dis alors que, quoi qu'il arrive, jamais je ne me laisserai consumer par le désir de projeter autour de moi une ombre monumentale.

La pièce que j'occupe était autrefois la demeure du vieux Fernandez. Sa peau, d'une blancheur diaphane, laissait transparaître ses veines. Des veines bleu-vert, comme la mer que ses ancêtres avaient traversée pour atteindre les rives de cette contrée étrangère et païenne. Ils arrivaient dans de beaux navires et choisissaient les plus belles vierges pour leur donner une descendance. En repartant, ils laissaient derrière eux de petits enfants à moitié portugais, à la peau laiteuse et à l'âme catholique. Fernandez chercha une épouse dont la pâleur de la peau pourrait rivaliser avec la sienne. Elle aurait des veines bleu-vert comme celles qui véhiculaient le rouge de son sang. Elle serait féconde, avec des hanches aussi arrondies que des noix de cajou, et elle porterait ses enfants. Ensemble, ils maintiendraient en vie les pâles vestiges de leur lignée conjointe.

Quand il rencontra enfin celle qu'il attendait, Fernandez l'épousa et l'emmena chez lui. Il avait un grand domaine, était riche et n'attendait rien de la famille de Marie. Qui plus est, il n'aimait pas le teint brun assombrissant les traits de certains de ses membres. Parfois, Fernandez prenait la main de Marie dans la sienne et comparait leur couleur de peau. Leur pâleur identique ne faisait qu'accentuer le désir qu'il éprouvait pour elle et, bientôt, un bébé s'annonça.

Fernandez était à son comptoir de commerce lorsque Marie sentit les premières contractions. On appela une sage-femme et quand elle arriva, Marie fut conduite dans la chambre aménagée pour l'accouchement. Fernandez accourut. Il mit la moiteur de ses paumes sur le compte de la chaleur plutôt que de l'anxiété. Tapotant un cigare sur la balustrade en bois, il le porta à sa bouche. Il était en train de chercher ses allumettes quand le hurlement de Marie lui fit tout oublier. La véranda qui courait devant la salle d'accouchement était longue et ombragée. La chaleur de l'après-midi pesait sur les tuiles rouges mais Fernandez resta debout, à attendre. Il mâchonna le bout du cigare et en recracha le tabac. Ses mains tremblaient tellement qu'il savait qu'il serait incapable de tenir une allumette entre ses doigts, même s'il essayait.

Lorsqu'il entendit le cri, long et plein de vigueur, Fernandez sourit. La sage-femme passa la tête par l'embrasure de la porte. « C'est une fille, dit-elle. Elle est en pleine santé, la mère aussi. Vous pourrez venir dans un petit moment. »

Fernandez décida de prénommer sa fille Alberta car son arrière-grand-père, celui qui avait disséminé le gène de la blancheur dans les veines de la famille, s'appelait Albert. Mais en voyant la peau brune du bébé, il blêmit. J'ai été floué, pensa-t-il. Comment le bébé pouvait-il avoir cette peau sombre ? Même ses lèvres avaient des reflets cuivrés. Ses descendants seraient aussi noirs que du baume de cajou, se dit-il. Cette nuit-là, il prit la mer avant de se rendre dans l'arrière-pays, à Bangalore, où les Anglais avaient établi un cantonnement. Là-bas, le soleil était pâle et délavé, et ses rayons ne brûlaient pas la peau. Les maisons avaient des murs en pierre, des sols recouverts de parquet et des coffres de cheminée.

Les Anglo-Indiennes avaient des cheveux châtains et la peau aussi claire que la sienne. Fernandez trouvait le réconfort entre leurs bras avec autant de naturel qu'il allumait un feu de cheminée le soir quand il faisait froid. Mais lorsque, l'une après l'autre, elles lui susurraient à l'oreille : « Dis donc, mon bonhomme, quand est-ce que tu me passes la bague au doigt ? Ma mère commence à croire que je suis une femme entretenue », Fernandez sentait son estomac se nouer. Dans ces moments-là Marie lui manquait. Et puis, comme il était catholique, il était hors de question de divorcer.

Quand le bébé eut un an, il envoya chercher sa femme. « Viens seule », lui demanda-t-il. Marie vint le rejoindre et, dans sa maison entourée d'arbres et de plantes – manguiers et avocatiers, figuiers et goyaviers, buissons de jasmins et de roses, géraniums et asters, lierres et vigne –, il lui fit l'amour avec fièvre. Quand elle retomba enceinte, il la renvoya en disant : « Ce n'est pas de gaieté de cœur que je te dis cela, mais si le bébé a la peau aussi claire que la nôtre, ramène-le. Sinon reviens dans un an, seule. »

Marie fit sept allers et retours. Toujours seule. Puis, à sa mort, ses enfants grandirent, élevés par des tantes bienveillantes qui leur parlaient d'un père bien trop occupé pour venir les voir. Dans la végétation luxuriante de ce jardin parsemé de tamaris, fleurissant au milieu de la verdure, j'attendais de voir si Fernandez viendrait un jour rendre visite à ses enfants. Mais c'était un homme entêté et il vieillit sans jamais voir sa progéniture.

J'adorais cette maison vieille et décrépite. J'avais fait mon domaine du salon, avec ses canapés qui sentaient le moisi, ses tapis piqués d'humidité et son piano droit anglais. Plus personne ne s'asseyait jamais sur les canapés ni ne venait jouer du piano. J'aimais l'odeur de renfermé et de poussière de cette pièce. Elle m'aidait à imaginer le passé. Au mur, il y avait un tableau représentant une jeune fille assise sur un banc. D'étranges fleurs encadraient son visage et l'on entendait presque le bruissement des feuilles au-dessus de sa tête. Les lèvres de la jeune fille étaient légèrement entrouvertes, un peu comme si elle s'apprêtait à humecter de salive le ciel d'un bleu sans nuages.

J'aimais me percher sur le tableau. Chaque jour, je choisissais un emplacement différent. Un jour, je m'abreuvais aux lèvres de la jeune fille. Un autre, je me reposais sur sa cuisse. Un autre encore, je me logeais au creux de sa main. J'étais libre de faire ce que je voulais d'elle et bien des mois s'écoulèrent de cette agréable manière.

Tous les jours, Fernandez pénétrait dans cette pièce d'un pas chancelant et, d'un geste triste, caressait ses possessions. S'arrêtant devant le tableau, il s'appuyait de tout son poids sur sa canne pour le contempler. Je discernais de la mélancolie dans son regard. Qui était-ce ? me demandais-je. La connaissait-il ? Ou n'était-elle pour lui, comme pour moi, qu'une chimère ? Quand il entrait dans la pièce, je m'éloignais d'un battement d'ailes et me cachais derrière les rideaux. Je ne risquais rien car il se serait contenté de me chasser de la main… Mais je me sentais de trop. Il était chez lui, je respectais cela. C'était moi l'intrus.

Contrairement aux papillons, stars de l'ordre des lépidoptères, je ne volette pas de droite et de gauche. Je reste immobile. J'étais donc présent lorsque le sang s'arrêta de battre dans les veines bleu-vert de Fernandez et qu'il s'effondra en se tenant la poitrine, souffle coupé, haletant pour ne pas suffoquer.

Les enfants arrivèrent et parcoururent les pièces de cette maison qui n'évoquait pour eux aucun souvenir. De plus, la mère supérieure d'un ordre assez fortuné avait émis le souhait de l'acheter. C'était aussi une tante au second degré, et vendre la demeure à un couvent parut moins s'apparenter à une trahison familiale. Chacun des enfants emporta un souvenir. Je vis mettre en carton mon cher tableau. La maison fut bientôt rasée et remplacée par un foyer pour jeunes femmes.

J'établis mon chez-moi là où se trouvait autrefois le salon. Je suis resté là, témoin du temps qui passe sans relâche et entraîne avec lui changements de rideaux et de visages.

Ce n'est pas facile d'être à ma place. Ça ne l'était pas davantage à l'époque. Contrairement aux autres phalènes qui connaissent l'appel des phéromones et savent ce que c'est que d'assouvir ses désirs auprès d'une partenaire, je n'avais pas encore entendu l'aria qui me donnerait l'envie de tout lâcher et de m'y noyer. Je me distrayais en observant les pensionnaires qui se succédaient.

C'est alors qu'arriva cette jeune femme. En la voyant, j'eus soudain la bouche sèche. C'était la fille du tableau ; en tout cas elle y ressemblait. Même si son visage n'avait pas la sérénité de ses traits. Elle paraissait agitée et malheureuse.

La chambre était équipée mais, dédaignant les meubles, elle entreprit de se créer son propre nid. Elle suspendit de lourdes tentures et éclaira la pièce de lampes tamisées. Elle posa un nouveau matelas sur l'ancien. Elle sortait pour aller travailler et passait le reste du temps emmitouflée dans un plaid. Son visage avait cet air fermé que j'avais déjà vu sur des phalènes fatiguées de la vie. Elle avait le regard perdu de ceux qui souhaitent mourir. Que pleurait-elle ? Ou qui ?

Je l'observais jour et nuit en me souvenant du vieux Fernandez. Pour la première fois, je comprenais ce qu'il avait pu ressentir. La puissance de son désir pour Marie ne pouvait vaincre sa répulsion des bébés à la peau brune… Ce n'était pas bien, tout comme il n'était pas bien pour moi d'aimer une femme. D'ailleurs elle n'avait pas la phéromone qui convenait. Je me contentais donc de la contempler et d'imaginer qu'elle était la fille du tableau de Fernandez.

Une nuit, elle ouvrit une valise et en sortit un flacon de parfum. Il avait la forme d'une femme. Ou peut-être d'un homme aux épaules ployées sous le poids de la culpabilité et du remords. Son bouchon était vert et il brillait comme s'il était habité par une luciole. Elle ôta le bouchon et renifla. Elle fit une grimace. Puis, avec des mouvements lents, comme dans un rêve, elle parfuma ses points sensibles : les poignets, derrière les oreilles et entre les seins, à la pliure des coudes et au creux des genoux. Elle s'allongea de nouveau sur le lit, jeta par terre la couverture et se mit à pleurer.

Je respirai le parfum et mes frêles antennes frémirent. Je sentis une douce chaleur, l'éveil du désir, le premier pincement des sens. Violon, viole et violoncelle jouaient une aria que j'entendais pour la première fois. Lorsque je ne pus plus supporter le battement de mes tympans, j'émergeai de derrière le rideau, répondant à l'appel de la phéromone.

Comme s'y prend une phalène pour séduire une femme ? Cela va à l'encontre des lois de la nature. Mais si vous vous souvenez bien, celles-ci ne valent pas pour moi. Je traversai la densité de l'obscurité et me perchai à la tête de son lit en attendant qu'elle s'endorme. Ailes déployées, je me tenais prêt à plonger.

Savez-vous quelle est la sensation des ailes de phalène ? Elle ressemble à celle de la soie la plus fine contre votre joue. A celle d'une plume de paon le long de votre échine. A une peau de pêche sur vos lèvres. A de la mousse sur un mur, caressant la chair tendre de votre genou. A un cheveu dans votre oreille. A tout cela et à un million d'autres sensations troublantes… Je voltigeai et la caressai et l'étourdis, comme je m'étourdis moi-même, dans un tourbillon de sensations. Puis je retournai à mon rideau et, à la manière des mites, me reposai, repliant mes ailes autour de mon corps.

J'étais bouleversé par mon acte, et effrayé aussi. Qu'est-ce qui m'avait pris ?

Le lendemain, elle déménagea. Elle disait que depuis son arrivée elle avait l'impression que quelqu'un la surveillait. Jour et nuit. Que chacun de ses mouvements était épié et que ce regard s'immisçait parfois même dans ses pensées. « Mais après ce qui s'est passé la nuit dernière, j'ai peur de devenir folle. J'ai rêvé que je faisais l'amour à un fantôme. A vrai dire, je n'ai jamais rien connu de pareil mais c'était si bizarre. Tu vois ce que je veux dire ? disait-elle à quelqu'un au téléphone. Tu te rends compte. Je me sens si seule que je rêve qu'un fantôme vient me caresser avec ses ailes de papillon… J'ai décidé qu'il fallait que je parte. Que je recommence une nouvelle vie. Si tu veux, tu peux prendre ma chambre. »

Elle laissa derrière elle quelques affaires, dont le flacon de parfum. Celle qui la remplaça ne lui ressemblait pas. Elle accrocha aux fenêtres des rideaux fins et préférait le vieux matelas dur. Sa bouche était sévère. Le sol de sa chambre était jonché de coussins et éventuellement d'un magazine. Je ne l'aimais pas beaucoup, jusqu'à cette nuit où il y eut un orage et une coupure de courant. Désœuvrée, elle alluma une bougie que la précédente occupante avait laissée et sortit le flacon.

L'aria se fit à nouveau entendre.

La chambre acquit vite la réputation d'être hantée par un spectre. Pas une simple présence qui jetait à terre les objets, ouvrait en grand les fenêtres ou marchait d'un pas lourd. Non, un esprit frappeur, disaient les pensionnaires. Aucune n'occupait la chambre plus d'un ou deux mois. La directrice du foyer installa un miroir au-dessus de la porte et suspendit un carillon auprès de la fenêtre. Personne n'eut l'idée de jeter le parfum. Les parfums de cette qualité étaient rares et chaque nouvelle occupante finissait par y succomber un jour ou l'autre.

Le lendemain matin, elle se réveillait mal à l'aise, insatisfaite aussi. Nous avions tous deux voyagé sur les ailes de l'aria. J'avais laissé en souvenir une poussière argentée qui marquait de son sillage les chemins que nous avions parcourus ensemble. Cette poussière, témoin de mes ébats nocturnes, s'infiltrait dans ses veines et éveillait en elle un goût d'inassouvi. Elle souhaitait être ailleurs. C'était là à la fois ma chance et ma malédiction.

Aujourd'hui, voilà longtemps que la chambre est vide. Quand mes femmes viennent à me manquer, je pense aux mots de Sartre : *L'enfer, c'est les autres*. Je cite ces paroles à haute voix et ris tout bas.

Mais j'aime surtout la solitude. Dans le silence, je me suis approprié cette pièce. Je m'adonne aux pirouettes et aux piqués. Aux chutes libres et aux voltiges.

Je suis le comte de Monte-Cristo et Casanova. Don Juan et Krishna. Indra et Rhett Butler.

J'ai appris à oublier et à me souvenir. A résister et à succomber. A attendre, ailes repliées, qu'une créature m'appelle avec le mantra du précieux flacon. Et lorsqu'elle le fait, je redeviens phalène.

Cet ouvrage a été imprimé en France par

CPI
France Quercy
à Mercuès (Lot)

N° d'impression : 91894a
Dépôt légal : février 2008

IMPRIM'VERT
Votre imprimeur agit pour l'environnement